비문 클리닉
비문은 쓰지말고 , 썼거든 고치고

비문은 쓰지말고 , 썼거든 고치고

비문 클리닉

정제원 지음

몽트

머리말

　우리는 매일 글을 쓰는 시대에 살고 있습니다. 하지만 글 속에는 독자를 어리둥절하게 만드는 비문들이 넘쳐납니다. 문장이 심한 병이 든 것이죠. 이 책은 병든 문장을 치료해 주는 문장 병원입니다. 자기가 쓴 글 중 어느 문장이 비문인지조차 알지 못하는 분, 어느 문장이 비문인지는 알겠지만 어떻게 고쳐야 할지 모르는 분, 이런 비문을 다시는 쓰지 않기 위해서 무엇을 공부해야 하는지 알고 싶은 분은 이 책을 통해서 도움을 받을 수 있을 겁니다. 병든 몸은 완치되기도 힘들고 치료에 따른 부작용도 있지만, 병든 문장은 다릅니다. 제대로 치료받으면 전보다 더 건강하고 아름다운 문장이 됩니다. 아무쪼록 이 책이 친절한 문장 병원이 되었으면 좋겠습니다.

부록 : 띄어쓰기가 틀려도 비문이다

제1부 :: 기본적인 문장 공부

주어는 서술어가 나타내는 움직임, 상태, 성질의 주체가 되는 말이다. 바꿔 말하면 서술어는 주어의 움직임, 상태, 성질 따위를 서술하는 말이다. 이처럼 주어와 서술어는 함께 정의된다. 국어 문장에서 서술어는 문장 성분 중 가장 중요하다. 서술어를 잘 쓰면 정확한 문장, 나아가 좋은 문장을 쓸 수 있다.

1. 문장 성분

문장 성분은 문장을 구성하는 기능적 단위이다. 문장을 만드는 데 어떤 역할을 하느냐에 따라 주어 · 서술어 · 목적어 · 관형어 · 부사어 · 보어 · 독립어가 있다.

(1) 주어와 서술어

1a. <u>뭉게구름이 피어올랐어요.</u>
1b. <u>날씨가 변덕스러워요.</u>
1c. <u>고래는 젖먹이동물이에요.</u>

위의 세 문장은 모두 '주어+서술어' 구조의 문장이다. 국어는 문장이 되려면 최소한 '주어'와 '서술어'를 가져야 한다. 1a의 서술어 '피어올랐어요'는 동사이고, 1b의 서술어 '변덕스러워요'는 형용사이며, 1c의 서술어 '젖먹이동물이에요'는 '젖먹이동물'이라는 명사에 서술격 조사 '이에요('이다'의 활용형)'가 붙은 말이다.

<u>주어는 서술어가 나타내는 움직임, 상태, 성질의 주체가 되</u>
<u>는 말이다. 주어의 정의를 다르게 말하면, 서술어의 정의가 된</u>
<u>다. 서술어는 주어의 움직임, 상태, 성질 따위를 서술하는 말</u>
<u>이다. 이처럼 주어와 서술어는 함께 정의된다. 국어 문장에서</u>
<u>서술어는 문장 성분 중 가장 중요하다. 서술어를 잘 쓰면 정확</u>
<u>한 문장, 나아가 좋은 문장을 쓸 수 있다.</u>

 서술어가 될 수 있는 말은 동사, 형용사, '명사+서술격 조사
(이다)', 이 셋뿐이다. 왜 그럴까? 동사, 형용사, 서술격 조사(이
다), 이 셋만이 활용을 하기 때문이다. 활용은 주어의 움직임,
상태, 성질 따위를 다양한 방식으로 서술하기 좋은 문법 기능
이다.
 활용은 어간에 다양한 어미가 붙는 일을 말한다. 그리고 활
용의 결과물을 활용형이라고 한다. 활용형에는 많은 종류가 있
다. 그중 한 문장을 종결하는 활용형을 종결형이라고 한다. 일
반적으로 서술어는 동사의 종결형, 형용사의 종결형, '명사+서
술격 조사(이다)의 종결형'으로 나타난다.
 종결형은 어간에 종결 어미가 붙은 말로서, 평서형, 의문형,
명령형, 청유형, 감탄형, 이렇게 다섯 가지가 있다. '먹다'를 가
지고 예를 들면, 평서형은 '먹는다', 의문형은 '먹니?', 명령형은
'먹어라', 청유형은 '먹자', 감탄형은 '먹는구나!'이다. '먹는다'의
'-는다'가 평서형 어미, '먹니?'의 '-니'가 의문형 어미, '먹어라'
의 '-어라'가 명령형 어미, '먹자'의 '-자'가 청유형 어미, '먹는구
나!'의 '-는구나'가 감탄형 어미이다.

서술어가, 때로는 '주어-(목적어)-서술어' 구조를 갖춘 완전한 문장일 때도 있다. 아래 1d, 1e, 1f에서 서술어는 "코가 길다", "끝이 없겠어", "면발이 쫄깃쫄깃하네"와 같이 하나의 완전한 문장이다. 이렇듯 완전한 문장인 서술어를 '서술절'이라고 한다.

1d. 코끼리는 <u>코가 길다.</u>
1e. 토론이 <u>끝이 없겠어.</u>
1f. 라면이 면발이 <u>쫄깃쫄깃하네.</u>

(2) 동사 서술어

'살다'를 예로 들어 보자. 첫째 동사 자체, 즉 '살다, 사니, 살아라, 살자, 사는구나'는 당연히 동사 서술어이다. 둘째 '동사+보조 용언', 즉 '살아 내다, 살게 되다, 살지 않다'도 동사 서술어이다. 셋째 '살 수 있다', '살 것이다', 그리고 '살 것 같다' 같은 표현도 동사 서술어이다(이 책에서는 편의상 그렇게 보는 것이다. 엄격한 학교 문법이 '살 수 있다' 같은 표현을 '서술어'로 보지는 않는다).

1) 동사 자체

~하다 : 살다/사니?/살아라/살자/사는구나!

2) 뒤에 오는 보조 용언도 포함한 구(句)

~해 가다 : 살아 가다/살아 가니?/살아 가라/살아 가자/살아 가는구나!

~해 오다 : 살아 오다/살아 왔니?/살아 왔구나!

~하고 있다 : 읽고 있다/읽고 있니?/읽고 있어라/읽고 있자/읽고 있구나!

~하고 계시다 : 살아 계시다/살아 계시니?/살아 계시는구나!

~해 내다 : 이겨 내다/이겨 냈니?/이겨 내라/이겨 내자/이겨 내는구나!

~해 버리다 : 먹어 버리다/먹어 버렸니?/먹어 버려라/먹어 버리자/먹어 버렸구나!

~하고 말다 : 쓰러지고 말았다/쓰러지고 말았어?/쓰러지고 말았구나!

~해 주다 : 만들어 주다/만들어 줬니?/만들어 줘라/만들어 주자/만들어 주는구나!

~해 드리다 :[죽을] 끓여 드리다/끓여 드렸니?/끓여 드려라/끓여 드리자/ 끓여 드리는구나!

~해 두다 : 넣어 두다 /넣어 뒀니?/넣어 둬라/넣어 두자/넣어 뒀구나!

~해 놓다 : 쌓아 놓다/쌓아 놓았니?/쌓아 놓아라/쌓아 놓자/쌓아 놓았구나!

~하게 하다 :가게 하다/가게 했니?/가게 해라/가게 하자/ 가게 했구나!

~해지다 : 만져지다/만져지니?/만져지는구나!

~하게 되다 : 가게 되다/가게 되었니?/가게 되었구나!

~하지 말다 : 쏘지 말아라

~해 대다 : [못을]박아 대다/박아 댔니?/박아 대는구나!

~하는 체하다 : 먹는 체하다/먹는 체했니?/먹는 체해라/먹는 체하자/먹는 체했구나!

~한 체하다 : 죽은 체하다/죽은 체했니?/죽은 체해라/죽은 체하자/죽은 체하는구나!

~하는 척하다 : 아는 척하다/아는 척했니?/아는 척해라/아는 척하자/아는 척했구나!

~해 보다 : 입어 보다/입어 봤니?/입어 봐라/입어 보자/입어 봤구나!

~해야 한다 : 이겨야 한다/이겨야 하니?/이겨야 하는구나!

~하지 않는다 : 채우지 않는다/채우지 않았니?/채우지 않았구나!

~하지 못한다 : 채우지 못한다/채우지 못했니?/채우지 못했구나!

~하고 싶다 : 먹고 싶다/먹고 싶니?/먹고 싶구나!

~한 듯하다 : 이긴 듯하다/이긴 듯했니?/이긴 듯했구나!

~할 듯하다 : [비가] 올 듯하다/올 듯하니?/올 듯하구나!

~할 법하다 : 올 법하다/올 법하니?/올 법하구나!

3) 그 밖에 다음과 같은 표현

~할 수 있다(가능) : 이길 수 있다/이길 수 있니?/이길 수 있구나!

~할 수 없다(불가능) : 이길 수 없다/이길 수 없니?/이길 수 없구나!

~하는 것이다(강조) : 만나는 것이다/만나는 것이니?

~한 것이다(강조) : 만난 것이다/만난 것이니?

~할 것 같다(추측) : 올 것 같다/올 것 같니?/올 것 같구나!

~한 것 같다(추측) : [화가] 난 것 같다/난 것 같니?/화가 난 것 같구나!

~할 것이다(추측) : [학교에] 갈 것이다

(3) 형용사 서술어

'예쁘다'를 예로 들어 보자. 첫째 형용사 자체, 즉 '예쁘다, 예쁜가, 예쁘구나'는 당연히 형용사 서술어이다. 둘째 '형용사+보조 용언', 즉 '예쁘지 않다', '예쁜 듯하다', 그리고 '예쁘게 되다'도 형용사 서술어이다. 셋째 '예쁠 것이다', '예쁠 것 같다' 같은 표현도 형용사 서술어이다(이 책에서는 편의상 그렇게 보는 것이다. 엄격한 학교 문법이 '예쁠 것 같다' 같은 표현을 '서술어'로 보지는 않는다).

1) 형용사 자체

~하다 : 예쁘다/예쁘니?/예쁘구나!

2) 뒤에 오는 보조 용언도 포함한 구(句)

~하지 않다 : 예쁘지 않다/예쁘지 않니?/예쁘지 않구나!

~하지 못하다 : 독하지 못하다/독하지 못하니?/독하지 못하구나!

~한 듯하다 : 늦은 듯하다/늦은 듯하니?/늦은 듯하구나!

~해지다 : 착해지다/착해졌니?/착해졌구나!

~하게 되다 : 알맞게 되다/알맞게 됐니?/알맞게 됐구나!

~한 체하다 : 슬픈 체하다/슬픈 체하니?/슬픈 체해라 /슬픈 체하자/슬픈 체하는구나!

~해야 한다 : 부드러워야 한다/부드러워야 하니?/부드러워야 하는구나!

3) 그 밖에 다음과 같은 표현

~할 것이다(추측) : 슬플 것이다

~한 것이다(강조) : 자랑스러운 것이다/자랑스러운 것이니?

~할 것 같다 : 좋을 것 같아/ 좋을 것 같니?/좋을 것 같구나!

~한 것 같다 : [날이] 더운 것 같다/더운 것 같니?/더운 것 같구나!

(4) '명사+서술격 조사' 서술어

'외국인이다'를 예로 들어 보자. 첫째 '명사+서술격 조사' 자체, 즉 '외국인이다, 외국인인가요, 외국인이구나'는 당연히 '명사+서술격 조사' 서술어이다. 둘째 '뒤에 오는 보조 용언'을 포함한 구(句), 즉 '외국인인 체하다', '외국인인가 보다', 그리고 '외국인인 듯하다'도 '명사+서술격 조사' 서술어이다. 셋째 '외국인이 아니다', '외국인일 수 있다', '외국인인 것 같다' 같은 표현도 '명사+서술격 조사' 서술어이다(이 책에서는 편의상 그렇게 보는 것이다. 엄격한 학교 문법이 '외국인일 수 있다' 같은 표현을 '서술어'로 보지는 않는다).

1) '명사+서술격 조사' 자체

~이다 : 축복이다/축복이니?/축복이구나!

2) 뒤에 오는 보조 용언을 포함한 구(句)

~인 체하다 : 마네킹인 체하다/마네킹인 체하니?/마네킹인 체해라/마네킹인 체하자/마네킹인 체하는구나!
~인 척하다 : 여자인 척하다/여자인 척하니?/여자인 척해라/여자인 척하자/여자인 척하는구나!
~인가 보다 : 남자인가 보다
~이어야 한다 : 1등이어야 한다/1등이어야 하니?/1등이어야 하는구나!
~인 듯하다 : 범인인 듯하다/범인인 듯하니?/범인인 듯하구나!

3) 그 밖에 다음과 같은 표현

~이 아니다(부정) : 학생이 아니다/학생이 아니니?/학생이 아니었구나!
~일 수 있다(가능) : 외국인일 수 있다/외국인일 수 있니?/외국인일 수 있구나!
~일 수 없다(불가능) : 외국인일 수 없다/외국인일 수 없니?/외국인일 수 없구나!
~일 것 같다(추측) : [그가] 범인일 것 같다/범인일 것 같니?/범인일 것 같구나!
~일 것이다(추측) : 요트일 것이다
~인 것이다(강조) : 사실인 것이다/사실인 것이니?

(5) 목적어와 부사어

2a. [오전 내내 찜통더위가 계속되더니, 오후부터는 기상 캐스터의 표현대로,] 하늘이 <u>수문을</u> 열었다.
2b. [간밤의 소낙비로 숲속] 식물들은 <u>생기를</u> 되찾았다.
2c. 연어는 [고향에서] <u>죽음을</u> 맞이합니다.

 동사에는 자동사와 타동사가 있다. 서술어가 타동사이면 주어 외에도 목적어가 필요하다. 목적어는 타동사가 서술어로 쓰인 문장에서 동작의 대상이 되는 말이다. 일반적으로 목적어는 2a, 2b, 2c의 '수문을, 생기를, 죽음을'과 같이 '명사+을/를(목적격조사)'의 모습으로 문장에 나타난다.

그렇다면 서술어가 자동사인 경우에는 주어만 있으면 문장이 될까? 반드시 그렇지는 않다. 3a, 3b, 3c, 이 세 문장의 서술어 '뒤덮였다, 머물렀지요, 다닙니다'는 부사어 '우박으로, 간이역에, 회사에'를 꼭 필요로 하는 자동사이다. 이렇게 '꼭 필요한 부사어'를 '필수적 부사어'라고 한다.

3a. 지붕이 <u>우박으로</u> 뒤덮였다.
3b. 기차가 <u>간이역에</u> [약 한 시간 동안] 머물렀지요.
3c. 저는 [내항 중심의 항공] <u>회사에</u> 다닙니다.

물론 부사어는 서술어를 수식하는 말로서, 문장을 쓸 때 반드시 있어야 하는 문장 성분은 아니다. 아래 4a, 4b, 4c는 '우박에서, 간이역에, 회사에'가 없어도 완전한 문장이다.

4a. 우리는 [우박으로] 빙수를 만들었다.
4b. [간이역에] 안개가 자욱하다.
4c. [회사에] 인사이동이 있었다.

부사어는 '매우, 잘, 빨리, 더욱이' 등 부사일 수도 있고, '우박으로, 간이역에, 회사에'처럼 '명사+부사격 조사'의 형태일 수도 있고, 아래 5a, 5b의 밑줄 친 부분과 같은 형태일 수도 있다. '매섭게'는 '매섭-'이라는 어간에 부사형 어미 '-게'가 붙은 활용형이고, '땀이 나도록'은 서술어 '나다'의 어간 '나-'에 부사형 어미 '-도록'이 붙은 부사절이다.

5a. 겨울 한기가 <u>매섭게</u> 몰아쳤다.
5b. 철수는 <u>땀이 나도록</u> 뛰었다.

(6) 보어와 관형어

1) 보어

　<u>국어의 보어는 딱 두 가지 문장 표현에서만 나타난다. 첫째 "A가 B가 되다"의 'B가'가 보어이다. 둘째 "A는 B가 아니다"의 'B가'가 보어이다. 즉 동사 '되다'와 형용사 '아니다'는 보어를 필요로 하는 서술어이다.</u>
　아래 6a에서는 '빙판이'가 보어이고, 6b에서는 '물고기가' 보어이다.

6a. [기온이 영하로 떨어지면서] 도로가 <u>빙판이</u> 되었습니다.
6b. 고래는 <u>물고기가</u> 아닙니다.

2) 관형어

　<u>관형어는 주어나 목적어, 보어, 서술어에 쓰이고 있는 '명사'를 수식한다. 관형어의 형태에는 ① 관형사, ② 명사+관형격 조사 '의', ③ 용언의 어간+관형형 어미, ④ 주어+(목적어)+서술어 용언의 어간+관형형 어미(관형절), 이렇게 네 가지가 있다. ③과 ④를 구별하지 않을 수도 있지만, 여기서는 편의상 구별했다.</u>

7a. 그 친구의 <u>새</u> 가방은 땅에 닿을 듯 늘어졌다.

7b. [체는 대륙 여행을 끝내고, 아르헨티나로 돌아왔다.] 그는 <u>예전의</u> 그가 아니었다.

7c. 그녀는 <u>멍청한</u> 남자만을 사랑했다.

7d. <u>심심한 마음이 우리를 부르는</u> 손짓이야말로 '창작 혹은 발명'의 어머니입니다.

7a의 '새'는 관형사이고, 7b의 '예전의'는 '명사+관형격 조사'이며, 7c의 '멍청한'은 어간 '멍청하-'에 관형형 어미 '-ㄴ'이 결합한 활용형이고, 7d의 '심심한 마음이 우리를 부르는'은 '심심한 마음이 우리를 부르다'의 서술어 '부르다'의 어간 '부르-'에 관형형 어미 '-는'이 결합한 관형절이다.

관형절의 수식을 받는 명사는 주격 조사를 취하면 주어(8a), 서술격 조사(이다)를 취하면 '명사+서술격 조사' 서술어(8b), 목적격 조사를 취하면 목적어(8c), 보격 조사를 취하면 보어(8d)가 된다.

8a. <u>나를 사로잡았던</u> 책이 결국 내 인생도 사로잡았다. : 관형절의 수식을 받는 명사 '책'은 주격 조사 '이/가'를 취해 주어가 된다.

8b. 작은 침대는 <u>내가 가장 좋아하는</u> 독서 장소였다. : 관형절의 수식을 받는 명사구 '독서 장소'는 서술격 조사 '였다'를 취해 서술어가 된다.

8c. 나는 <u>어머니가 헌책방에서 구입하신</u> 동화책을 주로 읽었

다. : 관형절의 수식을 받는 명사 '동화책'은 목적격 조사 '을/를'을 취해 목적어가 된다.

8d. 나는 <u>모두가 존경하는</u> 의사가 되었다. : 관형절의 수식을 받는 명사 '의사'는 보격 조사 '이/가'를 취해 보어가 된다.

2. 복잡한 문장

(1) 접속문(이어진 문장)

9a. 5세기경부터 수많은 승려들이 중국 장안(長安)에서 머나먼 길을 떠났다.
9b. 5세기경부터 수많은 승려들이 중앙아시아의 사막과 고원과 초원을 거쳤다.
9c. 5세기경부터 수많은 승려들이 힌두쿠시 산맥을 넘었다.

위의 세 문장은 모두 '주어-서술어'의 짝이 단 하나이다. '승려들이'가 주어, '떠났다, 지났다, 넘었다'가 서술어이다. 이 세 문장을 한 문장으로 합해 보자. 세 문장을 합하는 과정에서 두 문장의 서술어 쪽에서 형태 변환이 있을 수 있다. 아래 9d를 보자. 9a의 '떠났다'는 '떠나'로, 9b의 '거쳤다'는 '거쳐'로 바뀐다.

9d. 5세기경부터 수많은 승려들이 중국 장안(長安)에서 머나먼 길을 떠나 중앙아시아의 사막과 고원과 초원을 거쳐 힌두

쿠시 산맥을 넘었다.

9d와 같이 문장과 문장이 수평적으로 이어지는 문장을 '접속문'(이어진 문장)이라고 한다. 9d는 '주어-서술어'의 짝이 세 개인 문장이다. 첫째 '승려들이-[길을]-떠나', 둘째 '승려들이-[사막과 고원과 초원을]-거쳐', 셋째 '승려들이-[산맥을]-넘었다'. 둘째의 경우 '승려들이-[사막을]-거쳐', '승려들이-[고원을]-거쳐', '승려들이-[초원을]-거쳐', 이렇게 목적어가 다른 세 개의 '주어-서술어'의 짝이 있다고 볼 수도 있다. 만약 그렇게 본다면, 9d는 다섯 개의 '주어-서술어'의 짝이 있는 문장이라고 볼 수도 있다.

문장과 문장이 수평적으로 이어져 '접속문'(이어진 문장)을 만들 때, 첫 문장의 주어가 A이고, 이후 문장의 주어도 A이면, 이후 문장의 주어 A는 생략할 수 있다. 실제로 9d를 다시 보자. 주어 '승려들이'는 처음 한 번 나오고, 두 번째부터는 생략되었다.

(2) 내포문(안은 문장)

1) 명사절 내포문(명사절을 안은 문장)

10a. 해가 지다.
10b. 해적들은 보물섬 해안에서 ~를 기다렸다.

10a의 주어는 '해가'이고, 서술어는 '지다'이다. 10b의 주어는 '해적들은'이고 서술어는 '기다렸다'이다. 두 문장 모두 '주어-서술어' 짝이 하나뿐이다. 이 두 문장을 한 문장으로 합해 보자. 두 문장을 합하는 과정에서 한 문장의 서술어 쪽에서 형태 변환이 있을 수 있다. 아래 10c의 경우 '지다'가 '지기'로 바뀐다.

10c. 해적들은 보물섬 해안에서 <u>해가 지기</u>를 기다렸다.

위의 10c에서 밑줄 친 부분은 명사절로서 목적격 조사 '를'을 취해 서술어 '기다렸다'의 목적어가 된다. 우리는 10c를 두고, "10a가 10b에 명사절로 안겼다." 혹은 "10b가 10a를 명사절로 안았다"라고 말한다. 이렇듯 한 문장이 다른 문장을 한 성분으로 안은 문장을 '내포문'(안은 문장)이라고 한다.

2) 관형절 내포문(관형절을 안은 문장)

11a. 프란시스 베이컨은 영국 경험론의 대표적인 과학자였다.
11b. 프란시스 베이컨은 실험을 중시했다.

11a의 주어는 '프란시스 베이컨은'이고, 서술어는 '과학자였다'이다. 11b의 주어는 '프란시스 베이컨은'이고 서술어는 '중시했다'이다. 두 문장 모두 '주어-서술어' 짝이 하나뿐이다. 이 두 문장을 한 문장으로 합해 보자. 두 문장을 합하는 과정에서 한 문장의 서술어 쪽에서 형태 변환이 있을 수 있다. 아래 11c의 경우 '과학자였다'가 '과학자였던'으로 바뀐다.

11c. <u>영국 경험론의 대표적인 과학자였던</u> 프란시스 베이컨은 실험을 중시했다.

위의 11c에서 밑줄 친 부분은 관형절로서 '프란시스 베이컨'을 수식한다. 우리는 11c를 두고, "11a가 11b에 관형절로 안겼다." 혹은 "11b가 11a를 관형절로 안았다."라고 말한다.

3) 부사절 내포문(부사절을 안은 문장)

12a. 중국 역사상 최고의 시인인 이백은 황망하게 죽었다.
12b. 변변한 비석조차 없었다.

12a의 주어는 '이백은'이고 서술어는 '죽었다'이다. 12b의 주어는 '비석조차'이고 서술어는 '없었다'이다. 두 문장 모두 '주어-서술어' 짝이 하나뿐이다. 이 두 문장을 합해 보자. 두 문장을 합하는 과정에서 한 문장의 서술어 쪽에서 형태 변환이 있을 수 있다. 아래 12c의 경우 '없었다'가 '없이'로 바뀐다.

12c. 중국 역사상 최고의 시인인 이백은 <u>변변한 비석조차 없이</u> 황망하게 죽었다.

위의 12c에서 밑줄 친 부분은 부사어로서 '죽었다'를 수식한다. 우리는 12c를 두고, "12b가 12a에 부사절로 안겼다." 혹은 "12a가 12b를 부사절로 안았다"라고 말한다.

(3) 이어진 문장+명사절을 안은 문장

두 문장이 접속된(이어진) 후 또 다른 문장에 내포되는(안기는) 경우를 보자. 우선 13a와 13b를 합하면 13c가 된다. 이 과정에서 13a의 서술어 '좋아한다'는 '좋아하고'로 바뀌었다. 다음 13c를 13d가 명사절로 안으면 13e가 된다. 이 과정에서 13c의 서술어 '좋아한다'는 '좋아한다는 말'로 바뀐다. "지혜로운 사람은 물을 좋아하고 어진 사람은 산을 좋아한다는 말"은 목적격 조사 '을'을 취해 서술어 '떠올렸다'의 목적어가 된다.

13a. 지혜로운 사람은 물을 좋아한다.
13b. 어진 사람은 산을 좋아한다.
13c. 지혜로운 사람은 물을 좋아하고 어진 사람은 산을 좋아한다.
13d. 나는 ~말을 떠올렸다.
13e. 나는 지혜로운 사람은 물을 좋아하고 어진 사람은 산을 좋아한다는 말을 떠올렸다.

13e는 '주어-서술어'의 짝이 세 개다. 첫째 '[지혜로운] 사람은-좋아한다', 둘째 '[어진] 사람은-좋아한다', 셋째 '나는-[~를]-떠올렸다'.

우리가 서점에서 아무 교양서나 집어 들어 펼치면, 이어지는 과정, 그리고 안고 안기는 과정이 여러 차례 있는 복잡한 문장이 수두룩하다. 그런 복잡한 문장을 우리도 쓰게 된다. 세 가지를 명심하고 쓰면 된다.

첫째 주어가 있으면 그 주어와 짝을 이루는 서술어도 있는지 확인하고, 서술어가 있다면 그 서술어의 주체인 주어가 있는지 살펴봐야 한다.

둘째 서술어가 타동사라면 그 타동사와 짝을 이루는 목적어를 챙겨야 하고, 서술어가 부사어를 필요로 하는 자동사라면 그 부사어를 놓치면 안 된다.

셋째 국어는 문장 성분이 생략되는 일이 흔하다. 생략할 만해서 생략했는지, 꼭 필요한데 함부로 생략했는지 확인한다.

넷째 주어, 서술어, 목적어, 부사어 사이의 호응에 문제가 없나 꼼꼼하게 따져봐야 한다.

3. 비문은 어떻게 만들어지나?

(1) 필요한 문장 성분을 생략했을 경우

1) 주어의 생략

주어와 서술어는 문장의 뼈대를 만드는 기본 성분이다. 주어와 서술어가 뼈대를 세우면 그 사이 사이에 목적어, 부사어 등이 들어가 문장을 만든다. 그러므로 사이에 들어가는 말이 많아지면 주어와 서술어의 거리가 한참 벌어지기도 한다. 게다가 우리말은 주어를 생략할 때가 많다. 그래서 그 과정에서 생략할 수 없는 주어까지 생략할 때가 있다.

아래 14a 문장에는 서술어 '열었다'의 주어가 없다. 따라서 14b로 고쳐야 한다.

14a. 어제 잠실 야구장 사무실에서 최동열 신임 감독을 모시고 조촐한 취임식을 열었다.

14b. 구단주를 비롯한 몇몇 관계자들은 어제 잠실 야구장 사무실에서 최동열 신임 감독을 모시고 조촐한 취임식을 열었다.

2) 서술어의 생략

아래 15a에는 주어 '환영회가'의 서술어가 없다. 따라서 15b로 고쳐야 한다.

15a. '신임 팀장 환영회가 어제 세미나실에서 이사님을 비롯해 많은 직원들이 모였다.
15b. 어제 이사님이 참석하신 가운데 세미나실에서 신임 팀장 환영회가 있었는데, 생각보다 많은 직원들이 모여 신임 팀장에게 뜨거운 관심을 보였다.

한편 "A는 B이다(서술어가 '명사+서술격 조사'인 경우)" 유형의 문장과 "A는 B하다(서술어가 동사나 형용사인 경우)" 유형의 문장을 구별할 줄 모를 경우, 주어는 있는데 그와 짝을 이루는 서술어가 없다든가 서술어는 있는데 그와 짝을 이루는 주어가 없는 비문을 쓰게 된다. 16a는 서술어가 없어서 비문이 되었다. 즉 주어 '남향집의 장점은'과 짝을 이루는 서술어가 없는 것이다. 16b 혹은 16c로 고쳐야 한다.

16a. 남향집의 장점은 여름에 시원하고 겨울에 따뜻하다.
(이 문장에서 주어 '장점은'은 '명사+서술격 조사(이다)' 형태의 서술어를 필요로 한다.)

16b. 남향집의 장점은 여름에 시원하고 겨울에 따뜻하다는 것이다.

16c. 남향집은 여름에는 시원하고 겨울에는 따뜻하다. 그것이 사람들이 남향집을 선호하는 이유이다.

16b에서 "여름에는 시원하고 겨울에는 따뜻하다는 것"은 '명사'는 아니지만 문장 내에서 '명사'와 거의 똑같이 쓰인다. 이러한 말을 '명사 상당어'라 한다.

마찬가지로 17a는 17b 혹은 17c로 고쳐야 한다. 17b에서 "인간의 존엄성이 중요하다는 것"이 '명사 상당어'이다.

17a. 내가 강조하는 바는 인간의 존엄성이 중요하다.
(이 문장에서 주어 '내가 강조하는 바는'은 '명사+서술격 조사 (이다)' 형태의 서술어를 필요로 한다.)
17b. 내가 강조하는 바는 인간의 존엄성이 중요하다는 것이다.
17c. 나는 늘 인간의 존엄성을 강조한다.

3) 목적어의 생략

18a. 로미오와 줄리엣은 사랑했다.
18b. 로미오와 줄리엣은 서로를 사랑했다.

18a는 목적어가 없는 비문이다. 우리가 《로미오와 줄리엣》이라는 작품에 대해 잘 알고 있다 보니, 이렇게 무심코 쓰게 된다.

하지만 이 문장은 타동사 서술어인 '사랑하다'와 짝을 이루는 목적어가 없는 비문이다. 18b로 고쳐야 한다.

4) 부사어의 생략

19a. [더위가 한창일 때, 서울 시내는 오히려 한산했다.] 하지만 늦더위가 가시고 아침저녁으로 선선한 바람이 불기 시작하면서부터는 이곳 경복궁 주변의 <u>거리들이 가득찼다.</u>
19b. [더위가 한창일 때, 서울 시내는 오히려 한산했다.] 하지만 늦더위가 가시고 아침저녁으로 선선한 바람이 불기 시작하면서부터는 이곳 경복궁 주변의 <u>거리들이 행락객(行樂客)으로 가득찼다.</u>

  19a에는 자동사 서술어 '가득찼다'와 짝을 이루는 부사어가 없다. 따라서 19b로 고쳐야 한다. '가득차다'는 부사어 '~로'가 꼭 필요하다.

(2) 문장 성분 사이의 호응에 문제가 있을 때

1) '주어-서술어' 호응

20a. 우리나라는 예로부터 풍류를 즐길 줄 아는 민족이었다.
20b. 우리는 예로부터 풍류를 즐길 줄 아는 민족이었다.
20c. 우리 민족은 예로부터 풍류를 즐길 줄 알았다.

20a에서 '우리나라는'이 주어인데, '민족이었다'가 서술어가 되어 비문이다. '민족'이 아니라 '국가'여야 한다. 하지만 "우리나라는 예로부터 풍류를 즐길 줄 아는 국가였다"로 고쳐도 이상하다. 차라리 20b와 같이 주어인 '우리나라는'을 '우리는'으로 고치면 좋겠다. 20c로 고치는 것도 좋다.

21a. 고통은 더 강한 고통으로 대체될 때 비로소 해결된다.
21b. 고통은 더 강한 고통으로 대체될 때 비로소 사라진다.

21b는 21a의 동사 서술어 '해결된다'를 '사라진다'로 교체했다. 적절한 동사 서술어를 선택하는 일은 쉽지 않다. '사라진다'보다 더 적절한 동사가 있다면 그것으로 다시 교체해야 한다. 아무리 교체해도 이상하면, 아예 새로운 문장을 쓰는 것이 좋다.

한편 주어가 하나가 아니고 둘 이상일 때, 서술어가 그 두 주어와 모두 호응해야 한다. 그렇지 않으면 비문이 된다. '창'은 '날카롭다'가, '방패'는 '강인하다'가 서술어로 적절하다. 22a는 22b로 고쳐야 한다.

22a. 정예병들의 창과 방패는 날카로웠다.
22b. 정예병들의 창은 날카롭고 방패는 강인했다.

2) '목적어-서술어' 호응

23a. 작가의 생가를 찾는 일은 작품과 독자 사이의 심리적 거

리를 순식간에 압축시켜 준다.
23b. 작가의 생가를 찾는 일은 작품과 독자 사이의 심리적 거리를 순식간에 좁혀 준다.

23a에서 목적어 '거리를'과 서술어 '압축시켜 준다'는 서로 호응하지 않는다. '좁혀 준다'가 서술어로 적합하다. 23a는 23b로 고쳐야 한다.

한편 목적어가 '우산과 우비'처럼 접속되었을 때는 '목적어-서술어' 호응에 신경 써야 한다. 목적어가 하나가 아니고 둘 이상일 때, 서술어가 그 두 목적어와 모두 호응해야 한다. 그렇지 않으면 비문이 된다.

24a. [비바람이 거셉니다.] 우산과 우비를 쓰고 가십시오.
24b. [비바람이 거셉니다.] 우산을 쓰고 우비도 입고 가십시오.

24a는 '우산'과 '우비'를 접속하는 과정에서 생긴 비문이다. 우산은 '쓰지만', 우비는 '입는' 것이다. 24b로 고쳐야 한다. 예를 하나 더 보자.

25a. 이곳에 쓰레기와 침을 뱉지 마십시오.
25b. 이곳에 쓰레기를 버리지 말고, 침도 뱉지 마십시오.

25a는 '쓰레기'와 '침'을 접속하는 과정에서 생긴 비문이다. 침은 '뱉지만', 쓰레기는 '버리는' 것이다. 25b로 고쳐야 한다.

(3) 그 밖의 경우

1) 조사의 부적절한 사용

① '에'와 '에게'

 우리말은 조사가 매우 발달해 있다. 역으로 다양한 조사를 적절하게 선택하기가 쉽지 않다.

26. 나라에 충성하고 부모에게 효도하고 싸움에 물러서지 않는다.

 '에/에게'는 장소나 시간, 방향 등을 나타내는 부사격 조사이다. 명사에 붙어 부사어를 만들어 서술어를 수식한다. '나라와 싸움'에는 '에'가 붙었는데, '부모'에는 '에게'가 붙었다. 왜 그렇게 했을까?
 '에'는 '감정이 없는 대상이 되는 명사'에 쓰이고, '에게'는 '감정이 있는 대상이 되는 명사'에 쓰인다. 우리나라에서는 오랫동안 '사람과 동물'을 묶어서 생각해 왔다. 즉 '사람과 동물'에는 '에게'를 쓸 수 있다. '식물'에는 '에게'를 쓰지 않는다는 점 주의해야 한다. 27a에서는 '강아지에게'가 맞고, 27b에서는 '고무나무에'가 맞다.

27a. 수진이는 더위에 헐떡거리는 강아지에게 수시로 물을 주었다.

27b. 어머니는 고무나무<u>에</u> 간간이 물을 주셨다.

② 부자연스러운 겹조사

'에의' '로의' 같은 겹조사는 부자연스러운 표현이므로 되도록 쓰지 말아야 한다. '윤동주로의 추억'은 '추억'을 동사로 바꿔서 "윤동주를 추억함" 정도로 쓰는 것이 좋고, '신라 고도(故都)로의 여행'은 '신라 고도(故都) 여행'이면 족하다.

28a. 윤동주<u>로의</u> 추억(×)
28b. 윤동주<u>를</u> 추억함(○)

'에 있어서', '에 있어서의'도 부자연스럽다. 되도록 쓰지 말아야 한다. '카뮈에 있어서의 실존의 개념'은 국어 같지가 않다. '카뮈의 실존 개념'이면 된다.

29a. 카뮈<u>에 있어서의</u> 실존의 개념(×)
29b. 카뮈<u>의</u> 실존 개념(○)

③ 보조사 '은/는'

ㄱ. '대조·배제'의 의미

이 조사에서 가장 일차적으로 드러나는 의미는 '대조' 내지 '배제'다.

30a. 수진이는 아침잠은 없는 편이다.
30b. 수진이는 아침잠이 없는 편이다.

　30a는 아침잠 말고 초저녁잠은 많다는 대조의 의미를 함축하고 있다. '은/는'이 가진 이러한 대조·배제의 의미는 다음 예와 같은 접속문에서 뚜렷하게 드러난다. 31a를 보면 짜장면과 짬뽕이, 31b를 보면 던질 때와 칠 때가 대조적이다.

31a. 수진이는 짜장면은 좋아하지만 짬뽕은 싫어한다.
31b. 수진이는 공을 던질 때는 오른손잡이이고, 배트로 공을 칠 때는 왼손잡이이다.

ㄴ. '화제(topic)'의 의미

　그런데 '은/는'이 문두(門頭)의 주어 자리에 쓰일 때는 그 의미가 쉽게 잡히지 않는다.

32a. 수진이는 5학년 1반 회장이다.
32b. 수진이가 5학년 1반 회장이다.

　일반적으로 32a에서처럼 문두의 주어 자리에 쓰인 '은/는'은 흔히 문장의 화제(topic)를 표시해 주는 것으로 본다. 문두에 '은/는'이 쓰인 32a에서는 '이/가'가 쓰인 32b에서와 달리 관심의 초점이 주어에 있지 않다.
　32a에서는 관심의 초점이 "5학년 1반 회장이다"에 있는 데 반

해 32b에서는 '수진이'에 있다. 이 둘은 각각 이런 질문에 대한 답이다. "5학년 1반에서 수진이는 어떤 직책을 갖고 있니?" "5학년 1반 회장은 누구니?"

ㄷ. '내포문' 즉 '안은 문장'이 안은 '안긴 문장'에서는 쓰이기 힘들다

'은/는'은 일반적으로 '안긴 문장'의 주어 자리에는 쓰지 못한다. 33a처럼 '엄마가'는 되지만 33b처럼 '엄마는'은 이상하다.

33a. 수진이는 엄마<u>가</u> 동생을 낳는 꿈을 꾸었다.
33b. 수진이는 엄마<u>는</u> 동생을 낳은 꿈을 꾸었다.

2) 잘못된 피동 표현

① 피동 표현의 실현

ㄱ. 피동사를 사용한 표현

피동사는 능동사에 피동 접미사 '-이-, -히-, -리-, -기-'가 붙어서 만들어진다. 피동사는 하나의 단어로 인정되고 국어사전에 모두 등재된다.

34a. 보다 -> 보이다 : 인체 내 미생물을 알면 알수록, 생명의 비밀이 보인다.
34b. 닫다 -> 닫히다 : 신미양요(1871) 이후 쇄국의 빗장은 더

욱 굳게 닫혔다.

34c. 열다 -> 열리다 : 유전자 분석 서비스 덕분에 암 예측의 길이 열렸다.

34d. 믿다 -> 믿기다 : 유튜브나 인스타로만 보았던 곳에 내가 직접 와 있다는 사실이 믿기지 않았다.

피동사는 체언에 피동 접미사 '-되다'가 붙어서도 만들어진다.

35a. 발견 -> 발견되다 : 외래종 독개미인 '붉은불개미' 수십 마리가 인천항에서 발견되었다.

35b. 흥분 -> 흥분되다 : BTS 공연이 시작되었을 때, 나는 몹시 흥분되었다.

ㄴ. '-어지다' / '-게 되다' 표현

능동사의 어간에 '-어지다'나 '-게 되다'가 붙어서 피동문이 만들어진다. '-어지다'와 '-게 되다'는 대부분의 동사에 두루 붙고 형용사에도 붙을 수 있다.

36a. 의자가 목수에 의해 만들어졌다.

36b. 그녀는 피부과 치료를 받고 이전보다 예뻐졌다.

36c. 우리는 이사를 가게 되었다.

② 이중 피동

피동사를 사용한 표현, 그리고 '-어지다' 표현, 이 두 가지가
이중으로 실현되면 비문에 가깝다.

37a. 문이 저절로 <u>닫혀졌다</u>.
37b. 실수는 유리수와 무리수로 <u>나뉘어진다</u>.
37c. <u>열려진</u> 창문으로 바람이 들어왔다.

이들은 모두 아래와 같이 고쳐야 한다.

38a. 문이 저절로 <u>닫혔다</u>.
38b. 실수는 유리수와 무리수로 <u>나뉜다</u>.
38c. <u>열린</u> 창문으로 바람이 들어왔다.

③ 능동이냐? 피동이냐?

능동문도 되고 피동문도 된다면 능동문으로 간다. 국어는 능
동문이 자연스럽다. 39b보다는 39a가 낫다.

39a. 1961년, 영국의 변호사 베넨슨과 뜻을 같이한 변호사, 작
가, 출판계 인사들이 애쓴 덕분에 <u>국제앰네스티의 전신인 '사
면을위한 탄원1961'이 탄생한다</u>.
39b. 1961년, 영국의 변호사 베넨슨과 뜻을 같이한 변호사, 작
가, 출판계 인사들이 애쓴 덕분에 <u>국제앰네스티의 전신인 '사
면을위한 탄원1961'이 탄생된다</u>.

하지만 문맥상 꼭 피동문을 써야 할 때, 혹은 능동문의 주어를 정하기 어려울 때, 이 두 가지 경우에는 피동문을 쓴다.

40a. 아마존은 브라질, 볼리비아, 페루 등 남아메리카 9개국에 걸쳐 있는 열대우림이다. 한반도 25배가 넘는 이 거대한 숲은 지구 전체 산소의 25퍼센트를 뿜어내고 있다. 그래서 아마존은 지구의 허파로 불린다.
40b. 아마존은 브라질, 볼리비아, 페루 등 남아메리카 9개국에 걸쳐 있는 열대우림이다. 한반도 25배가 넘는 이 거대한 숲은 지구 전체 산소의 25퍼센트를 뿜어내고 있다. 그래서 우리는 아마존을 지구의 허파라고 부른다.

40b보다는 40a가 낫다. 앞의 두 문장이 모두 주어가 아마존이었기 때문에 밑줄 친 문장도 아마존을 주어로 정하는 것이 자연스럽고, 그럴 경우 피동문을 쓸 수밖에 없지 않은가?

41. 오늘날 아프리카의 밀렵꾼들은 범죄 조직과 연결되어 있다. 그들은 한밤중에 헬리콥터를 이용해 이동한다. 적외선 탐지기와 소음 방지 장치까지 갖춘 총으로 순찰망을 피해 희귀 동물 사냥에 나서고 있다.

41의 경우 능동문의 주어를 정하기 힘들다. 여러 가지 이유로 밀렵꾼들과 범죄 조직이 연결되었기 때문이다. 따라서 이럴 경우에도 피동문을 쓸 수밖에 없다.

3) 부정확하거나 불완전한 설명

42a. [1993년 몽골 고비 사막에서 연보라색의 타원형 공룡 알 여러 개 위로 오비랍토르라는 육식 공룡의 뼈가 놓인 둥지 화석이 발견되었어요. 그런데 공룡의 뼈가 놓인 형태가 둥지에 있는 알을 끌어안는 모습이었다고 해요.] 이를 통해 <u>공룡도 알을 품었다</u>는 사실을 알게 되었답니다.

　알을 품기만 했을까? 세 번째 문장은 더 정확하고 구체적인 설명이 필요하다. 42b처럼 말이다.

42b. [1993년 몽골 고비 사막에서 연보라색의 타원형 공룡 알 여러 개 위로 오비랍토르라는 육식 공룡의 뼈가 놓인 둥지 화석이 발견되었어요. 그런데 공룡의 뼈가 놓인 형태가 둥지에 있는 알을 끌어안는 모습이었다고 해요.]이를 통해 <u>공룡도 둥지를 틀고 알을 낳고 그 알을 품어 새끼를 부화시킨 후 일정 기간 양육하는 동물이었음</u>을 알게 되었답니다.

　한편 아래 43a의 첫 번째 문장의 밑줄 친 문장은 정확하지도 않고 구체적이지도 않다. 43b처럼 써 줘야 한다.

43a. <u>미숫가루는 찹쌀, 멥쌀, 보리쌀 따위를 쪄서 말린 후, 그것을 곱게 빻아 만든 가루예요.</u> 그리고 이 미숫가루를 꿀물에 타서 만든 전통 음료를 '미수'라고 해요. 주로 더운 여름에 만들어 마셔요. 다이어트, 피부미용, 뼈 강화, 고혈압 예방 등에

효과가 있죠.

43b.미숫가루는 찹쌀, 멥쌀, 보리쌀 따위를 쪄서 말린 후, 그것을 다시 볶고, 맷돌에 갈고, 체로 쳐서 만든 고운 가루예요.

제2부 : 비문 고치기

독자는 주어나 서술어가 생략된 비문은 대충 이해할 수 있습니다. 문맥을 보고 생략된 주어와 서술어를 찾아내면 되거든요. 하지만, 중요한 정보가 빠져 있는 문장은 정말 이해하기 곤란합니다. '정보 전달'이라는 측면에서만 보면 그런 문장이야말로 심각한 비문입니다.

1. 생략의 문제

(1) 주어 생략의 문제

> 붓글씨를 잘 쓰려면 먹 가는 법부터 제대로 배우는 것이 좋아요. 먹은 벼루와 수직이 되도록 똑바로 쥐고 시계방향으로 천천히 돌리면서 부드럽게 갈아야 해요. 성급한 마음에 너무 빨리 갈거나 강한 힘을 주어 갈면 죽처럼 되고 색깔도 탁해진답니다.

윗글은 '먹 가는 법'에 관해 설명하고 있습니다. 먹을 제대로 가는 이유는 당연히 좋은 먹물을 얻기 위해서입니다. 그런데 글쓴이는 밑줄 친 문장에서 서술어 "죽처럼 되고 색깔도 탁해집니다"와 짝을 이루는 주어인 '먹물이'를 생략했습니다. 앞 문장에서 '먹 가는 법'을 설명했기 때문에 '생략해도 독자들이 알지 않을까?' 하는 생각에서 그렇게 한 것 같습니다. 하지만 선행 문장에서 '먹물'에 대해 언급조차 하지 않았기 때문에 주어 '먹물이'를 반드시 써넣어야 합니다. <u><성급한 마음에 너무 빨리</u>

갈거나 강한 힘을 주어 갈면 먹물이 죽처럼 되고 색깔도 탁해진답니다.>

☞ 붓글씨를 잘 쓰려면 먹 가는 법부터 제대로 배우는 것이 좋아요. 먹은 벼루와 수직이 되도록 똑바로 쥐고 시계방향으로 천천히 돌리면서 부드럽게 갈아야 해요. <u>성급한 마음에 너무 빨리 갈거나 강한 힘을 주어 갈면 먹물이 죽처럼 되고 색깔도 탁해진답니다.</u>

> 이태원 참사의 생존자의 글에서, 집에 있어도 집에 가고 싶다는 생각이 든다고 했다. 집에 있어도 마음이 편하지 않을 정도로 심한 트라우마에 시달리고 있는 것이다. SNS를 통해 당시 사진이나 동영상을 접한, 이번 참사와 무관한 시민들 중에도 트라우마를 호소하며 병원을 찾는 이가 많다고 한다.

밑줄 친 문장에는 "집에 있어도 집에 가고 싶다는 생각이 든다"의 주체, 즉 '주어'가 생략돼 있습니다. 아마도 생존자 중 한 사람이겠죠. 글쓴이는 그 한 사람에 대한 생각보다는 생존자 전체의, 더 나아가 시민들의 정신 건강 상태를 염려하다 보니, 주어를 깜빡했던 것 같습니다. 누구인지도 모르고, 아는 것이 중요하지도 않다 보니, 주어보다는 그 주어가 한 말에만 주의를 빼앗겼을 수도 있고요. <u><이태원 참사 때 살아남은 어떤 이는, 자신의 글에서 집에 있어도 집에 가고 싶다는 생각이 든다고 썼다.></u>

☞ 이태원 참사 때 살아남은 어떤 이는, 자신의 글에서 집에 있어도 집에 가고 싶다는 생각이 든다고 썼다. 집에 있어도 마음이 편하지 않을 정도로 심한 트라우마에 시달리고 있는 것이다. SNS를 통해 당시 사진이나 동영상을 접한, 이번 참사와 무관한 시민 중에도 트라우마를 호소하며 병원을 찾는 이가 많다고 한다.

우리 팀이 많은 점수 차이로 패하고 있어서 그런지 많이 가라앉아 있어요. 어떤 관중은 일찍 경기장을 떠나고, 어떤 관중은 스마트폰으로 영화를 보기도 하네요. 응원가를 따라 부르지 않는 관중도 많아요. 이런 분위기에서는 선수들도 경기하기가 싫을 것 같아요.

두 문장이 한 문장으로 이어질 때 뒤에 오는 문장의 주어가 생략돼 있으면, 그 생략된 주어는 앞의 문장의 주어로 봅니다. 예를 들어 "우리는 노래를 부르며 산길을 올랐다"의 경우, "산길을 올랐다"의 주어는 '우리는'이 되는 것이죠.

밑줄 친 문장도 두 문장이 하나로 이어진 접속문이고, 뒤에 오는 문장의 주어가 생략돼 있습니다. 따라서 우리는 이 접속문을 이렇게 해석하게 됩니다. "우리 팀이 많은 점수 차이로 패하고 있어서 그런지 우리 팀이(혹은 우리 팀의 분위기가) 많이 가라앉아 있어요." 논란의 여지는 있지만, 이 문장만 놓고 보면 비문이라고 단정하기 어려워 보입니다. 하지만 이어지는 문장들을 보면, 생략된 주어가 '우리 팀이'나 '우리 팀의 분위기가'가 아니라 '관중석 분위기가'임을 알 수 있습니다. 생략되어서는 안 되는 주어이니 반드시 써넣어야 합니다. <u><우리 팀이 많은 점수 차이로 패하고 있어서 그런지 관중석 분위기가 많이 가라앉아 있어요.></u>

☞ <u>우리 팀이 많은 점수 차이로 패하고 있어서 그런지 관중석 분위기가 많이 가라앉아 있어요.</u> 어떤 관중은 일찍 경기장을 떠나고, 어떤 관중은 스마트폰으로 영화를 보기도 하네요. 응원가를 따라 부르지 않는 관중도 많아요. 이런 분위기에서는 선수들도 경기하기가 싫을 것 같아요.

(2) 서술어 생략의 문제

<u>우리는 흔히 학자라고 하면 펜대를 들고 품위 있게 책상에 앉아 깊은 사색에 빠져 있는 모습이다.</u> 하지만 대부분의 위대한 학문적 업적은 열악한 환경에서 거친 숨을 몰아쉬며 이마에 흐르는 땀을 닦는 고된 노동의 대가(代價)였다. 학문이 인간을 보다 편안한 세상에서 살게 해 주는 지적 작업인 점을 생각하면, 학문적 업적이 매우 불편한 삶 속에서 이루어진다는 사실은 역설적이다.

밑줄 친 문장에서 주어 '우리는'과 짝을 이루는 서술어가 생략돼 있습니다. 긴 문장을 쓰면서 문두(文頭)에 위치하는 주어와 짝을 이루는 서술어를 문미(文尾)에 써넣는 것을 잊은 거죠. '우리는'같이 누구라고 특정할 수 없는 주어는 주어라는 생각이 잘 안 듭니다. 그래서 이와 짝을 이루는 서술어를 못 챙기는

경우가 많으니 주의해야 합니다. <우리는 흔히 학자라고 하면 펜대를 들고 품위 있게 책상에 앉아 깊은 사색에 잠긴 모습을 떠올린다.>

☞ 우리는 흔히 학자라고 하면 펜대를 들고 품위 있게 책상에 앉아 깊은 사색에 빠져 있는 모습을 떠올린다. 하지만 대부분의 위대한 학문적 업적은 열악한 환경에서 거친 숨을 몰아쉬며 이마에 흐르는 땀을 닦는 고된 노동의 대가(代價)였다. 학문이 인간을 보다 편안한 세상에서 살게 해 주는 지적 작업인 점을 생각하면, 학문적 업적이 매우 불편한 삶 속에서 이루어진다는 사실은 역설적이다.

> 헬렌 켈러가 아직 많은 단어를 익히기 전의 일이에요. 뜰에 핀 제비꽃 몇 송이를 따서 앤 설리번 선생님께 드렸어요. 고마운 마음에 선생님은 제자를 포근히 감싸 안고, 제자의 손바닥에 '나는 헬렌을 사랑해'라고 쓰셨어요. "사랑이 뭐예요?" 헬렌이 물었어요. 선생님은 제자의 심장을 "그건 여기에 있단다" 하고 말씀하셨어요. 그때 처음으로 헬렌은 심장이 뛰고 있다는 것을 알았어요.

밑줄 친 문장은 두 문장이 이어진 접속문입니다. ㉠「선생님은 제자의 심장을 ~하다.」 ㉡「선생님은 "그건 여기에 있단다" 하고 말씀하셨어요.」 ㉠에서 주어 '선생님은'과 짝이 되는 서술어가 생략돼 있습니다. 그 서술어는 목적어로 '심장을'을 취하는 타동사여야 합니다. '가리키다'를 서술어로 하여 밑줄 친 문장 전체를 고치면 이렇습니다. <선생님은 제자의 심장을 가리키며 "그건 여기에 있단다" 하고 말씀하셨어요.>

☞ 헬렌 켈러가 아직 많은 단어를 익히기 전의 일이에요. 뜰에 핀 제비꽃 몇 송이를 따서 앤 설리번 선생님께 드렸어요. 고마운 마음에 선생님은 제자를 포근히 감싸 안고, 제자의 손바닥에 '나는 헬렌을 사랑해'라고 쓰셨어요. "사랑이 뭐예요?" 헬렌이 물었어요. <u>선생님은 제자의 심장을 가리키며 "그건 여기에 있단다" 하고 말씀하셨어요.</u> 그때 처음으로 헬렌은 심장이 뛰고 있다는 것을 알았어요.

(3) 목적어 생략의 문제

> 우리 부부가 신혼살림을 차린 곳은 춘천 외곽에 위치한 작은 전원주택이었다. 우리는 코코라는 이름의 귀여운 강아지를 분양받아 키웠다. <u>남편과 나는 진정으로 사랑했다.</u>

밑줄 친 문장의 타동사 서술어인 '사랑했다'와 짝을 이루는 목적어가 없습니다. 목적어가 '코코'이니 써넣으면 됩니다. <남편과 나는 코코를 진정으로 사랑했다.> 글쓴이는 바로 앞의 문장에서 '코코'가 언급되었으니 이 문장에서 굳이 안 써도 되지 않을까, 하고 생각했나 봅니다. 두 문장에서 연속적으로 '코코'를 쓰면 독자들이 오히려 답답해할지도 모른다고 생각했을 수도 있고요. 이 두 가지가 아니라면 '사랑하다'라는 우리에게 너무 익숙한 서술어 때문일 수도 있습니다. "A가 (B를) 사랑했다"

같은 평이한 형식의 문장이 글쓴이의 집중력을 흐트러뜨린 거죠. 이럴 때는 표현을 바꾸어 보는 것도 하나의 방법입니다. 비문도 안 쓰고, 문장도 뻔하지 않고, 일거양득입니다. <u><코코는, 아직 아이가 없던 우리 부부에게는 한 식구 같은 존재였다.></u> 이렇게 고치면 '사랑했다'라는 단어가 나타나지 않더라도 독자들은 이 문장에서 '부부가 코코를 깊이 사랑했구나' 하고 느낄 것입니다.

☞ 우리 부부가 신혼살림을 차린 곳은 춘천 외곽에 위치한 작은 전원주택이었다. 우리는 코코라는 이름의 귀여운 강아지를 분양받아 키웠다. <u>코코는, 아직 아이가 없던 우리 부부에게는 한 식구 같은 존재였다.</u>

> 우리나라는 오랫동안 대통령제 국가였습니다. 남북이 대립하고 있는 특수한 상황에서 군사 정권이 들어선 기간이 길기도 했습니다. 그러다 보니 우리 사회에는 대통령의 권한에 대한 두 주장이 공존해 왔습니다. <u>하나는 제왕적 대통령이라는 말이 나올 정도로 대통령의 권한이 너무 크기 때문에 축소해야 한다는 주장입니다.</u>

밑줄 친 문장은 타동사 서술어 '축소해야'의 목적어가 생략된 비문입니다. 이를 고치는 방법은 세 가지 정도 있는 것 같습니다. 첫째 목적어가 없으면 써넣으면 됩니다. <u><하나는 제왕적 대통령이라는 말이 나올 정도로 대통령의 권한이 너무 크기 때문에 대통령의 권한을 축소해야 한다는 주장입니다.></u> '대통령의 권한'이라는 구(句)가 반복되어 답답하게 읽히지만, 탈 없는 문장이긴 합니다.

둘째 '대통령의 권한'이라는 구를 한 번만 쓸 수도 있습니다. "대통령의 권한이 너무 크기 때문에 축소해야 한다." 이 부분만 보죠. 능동 표현인 '축소해야 한다'를 피동 표현인 '축소되어야 한다'로 바꾸면 비문에서 벗어날 수 있습니다. <하나는 제왕적 대통령이라는 말이 나올 정도로 대통령의 권한이 너무 크기 때문에 축소되어야 한다는 주장입니다.> '축소되어야 한다'의 주어는 '대통령의 권한이'가 되는데, 이 주어는 '너무 크기 때문에'의 주어와 같기 때문에 생략이 가능합니다. 문장이 깔끔해지는 거죠.

셋째. 아예 표현을 바꾸는 것입니다. 이런 식으로 비문 고치기를 많이 해 보시기 바랍니다. <하나는 '제왕적'이라는 수식어가 붙을 정도로 큰 대통령의 권한을 축소해야 한다는 주장입니다.>

☞ 우리나라는 오랫동안 대통령제 국가였습니다. 남북이 대립하고 있는 특수한 상황에서 군사 정권이 들어선 기간이 길기도 했습니다. 그러다 보니 우리 사회에는 대통령의 권한에 대한 두 주장이 공존해 왔습니다. 하나는 '제왕적'이라는 수식어가 붙을 정도로 큰 대통령의 권한을 축소해야 한다는 주장입니다.

106동 7·8호 라인 경비원이 208호 사는 건달의 옷을 실수로 더럽혔다. 옷에 먼지가 조금 묻은 정도였지만, 몹시 화가 난 건달은 경비원의 어깨를 수차례 내리쳤다. 비틀거리던 경비원이 본능적으로 반격할 자세를 취하며 건달을 노려보았다. 분한 마음에 경비원의 눈빛이 꿰뚫을 듯 매서웠다.

밑줄 친 문장에서 타동사 서술어 '꿰뚫을'의 목적어가 생략돼 있습니다. 목적어는 '건달의 눈을' 정도가 되겠습니다. 글쓴이는 '꿰뚫다'가 자동사인 줄 알았나 봅니다. 목적어를 갖춘 문장으로 고쳐야 합니다. <분한 마음에 경비원의 눈빛이 건달의 눈을 꿰뚫을 듯 매서웠다.>

어떤 동사가 자동사인지 타동사인지 헷갈릴 때는 반드시 국어사전을 찾아봐야 합니다. 어떤 동사는 의미에 따라 자동사일 때도 있고, 타동사일 때도 있습니다. 예를 들어 "비가 내리다"의 '내리다'는 목적어가 필요 없는 자동사이지만, "장군은 부하들에게 출진 명령을 내렸다"의 '내리다'는 목적어가 필요한 타동사입니다. 주의해야 합니다.

☞ 106동 7·8호 라인 경비원이 208호 사는 건달의 옷을 실수로 더럽혔다. 옷에 먼지가 조금 묻은 정도였지만, 몹시 화가 난 건달은 경비원의 어깨를 몇 차례 내리쳤다. 비틀거리던 경비원이 본능적으로 반격할 자세를 취하며 건달을 노려보았다. 분한 마음에 경비원의 눈빛이 건달의 눈을 꿰뚫을 듯 매서웠다.

형편이 어려운 탓에 어머니는 중3인 형만 영어 과외를 시키셨다. 과외 선생님의 낭랑한 영어 발음이 벽 너머에서 들려오면, 중1이었던 나는 샘도 나고 어머니가 야속하게 느껴지기도 했다. <u>사정을 눈치채신 어머니는 선생님께 양해를 구해 형의 과외 시간을 20분 줄이고 내가 그 20분 만이라도 배울 수 있게 해 주셨다.</u>

밑줄 친 문장에서 "내가 그 20분 만이라도 배울 수 있게"만 보죠. 서술어 "배울 수 있게"의 목적어가 생략돼 있습니다. 선행 문장에 '영어 과외'라는 구(句)가 있기 때문에 독자는 '영어를'이 목적어임을 알 수 있습니다. 그런 면에서 '영어를'은 생략해도 큰 문제가 없어 보입니다. 생략해도 되고 안 해도 되는 거죠. 이럴 땐 어떡할까요? 생략해야 하는 분명한 이유가 있을 때만 생략하고, 그렇지 않을 때는 써넣는 것이 좋습니다. '영어를'은 꼭 생략해야 할 이유가 없으니 써넣는 것이 낫겠습니다. <u>＜사정을 눈치채신 어머니는 선생님께 양해를 구해 형의 과외 시간을 20분 줄이고 내가 그 20분 만이라도 영어를 배울 수 있게 해 주셨다.＞</u>

☞ 형편이 어려운 탓에 어머니는 중3인 형만 영어 과외를 시키셨다. 과외 선생님의 낭랑한 영어 발음이 벽 너머에서 들려오면, 중1이었던 나는 샘도 나고 어머니가 야속하게 느껴지기도 했습니다. <u>사정을 눈치채신 어머니는 선생님께 양해를 구해 형의 과외 시간을 20분 줄이고 내가 그 20분 만이라도 영어를 배울 수 있게 해 주셨다.</u>

(4) 필수적 부사어 생략의 문제

> 나는 오래 머물지 않는 방랑형 여행자이지만, 이번 일본 여행 때는 달랐다. 교토 외곽의 작고 조용한 료칸에 일주일 동안 머물면서 먹고 자고 책도 읽으며 한가로운 시간을 가졌다. 일본 여행이라기보다는 일본에서 보내는 휴가였다.

국어사전에서 '머물다'를 찾아보면 "(사람이 어디에) 일시적으로 묵거나 생활하다"로 나와 있습니다. 부사어 '~에'가 꼭 필요하다는 것이죠. 따라서 이 문장은 이렇게 고쳐야 합니다. <나는 한곳에 오래 머물지 않는 방랑형 여행자이지만, 이번 일본 여행 때는 달랐다.> 이 문장은 "나는 한곳에 오래 머물지 않는 방랑형 여행자이지만, 이번 일본 여행 때는 한곳에 오래 머물렀다"의 뜻을 가진 접속문입니다. 여기서 "한곳에 오래 머물렀다"를 '달랐다'로 바꾸었죠. 단어 하나가 문장을 대신한 겁니다. 적절한 단어를 사용한다는 것이 그렇게 중요합니다.

☞ 나는 한곳에 오래 머물지 않는 방랑형 여행자이지만, 이번 일본 여행 때는 달랐다. 교토 외곽의 작고 조용한 료칸에 일주일 동안 머물면서 먹고 자고 책도 읽으며 한가로운 시간을 가졌다. 일본 여행이라기보다는 일본에서 보내는 휴가였다.

섬은 사방이 물로 둘러싸인 육지예요. 그런데 따지고 보면
지구에서 사방이 물로 둘러싸이지 않은 육지는 없어요. 그
래서 학자들은 오스트레일리아(762만 7,000㎢)보다 넓은
육지는 대륙, 그린란드(217만 5,600㎢)보다 좁은 육지는 섬
이라고 약속했답니다. 결국 섬은 '사방이 물로 둘러싸인 육
지 중 그린란드보다 면적이 좁은 육지'인 셈입니다. 우리나
라에는 가장 큰 섬인 제주도(약 1,842㎢)를 비롯해 3,400여
개의 섬이 있죠. 서해안과 남해안에 섬이 아주 많은데, 특히
다도해(多島海 : 섬이 많은 바다)를 이루는 남해안의 한려수
도는 경치가 좋아 국립공원으로 지정되었답니다.

'약속하다'는 "그들은 결혼을 약속했다"에서처럼 목적어(결
혼을)를 가지는 타동사일 때도 있고, "그들은 학교 정문에서 만
나기로 약속했습니다"에서처럼 목적어가 없어도 되는 자동사
일 때도 있습니다. 자동사일 때는 목적어 대신 부사어 '~하기
로'가 필요합니다. 밑줄 친 문장에서 '약속하다'는 자동사입니
다. '부르기로'쯤의 부사어가 필요합니다. <u>그래서 학자들은 오
스트레일리아(762만 7,000㎢)보다 넓은 육지는 대륙, 그린란드
(217만 5,600㎢)보다 좁은 육지는 섬이라고 부르기로 약속했답
니다.</u>

☞ 섬은 사방이 물로 둘러싸인 육지예요. 그런데 따지고 보면
지구에서 사방이 물로 둘러싸이지 않은 육지는 없어요. 그래
서 학자들은 오스트레일리아(762만 7,000㎢)보다 넓은 육지
는 대륙, 그린란드(217만 5,600㎢)보다 좁은 육지는 섬이라고

<u>부르기로 약속했답니다.</u> 결국 섬은 "사방이 물로 둘러싸인 육지 중 그린란드보다 면적이 좁은 육지"인 셈입니다. 우리나라에는 가장 큰 섬인 제주도(약 1,842㎢)를 비롯해 3,400여 개의 섬이 있죠. 서해안과 남해안에 섬이 아주 많은데, 특히 다도해(多島海 : 섬이 많은 바다)를 이루는 남해안의 한려수도는 경치가 좋아 국립공원으로 지정되었답니다.

2. 호응의 문제

(1) 주어-서술어 호응의 문제

> 1970년대까지만 하더라도 우리나라는 대가족이 많았다. 그러다 1980년대부터 핵가족으로 변하더니, 1997년 외환 위기 이후부터는 일인 가구가 늘기 시작했다. <u>한 가구를 구성하는 단위가 점점 적어져 온 것이다.</u>

  밑줄 친 문장은 '주어-서술어' 호응에 문제가 있습니다. 주어인 "한 가구를 구성하는 단위가"를 "한 가구를 이루는 식구의 수가"로 바꿔야 서술어인 '적어져 온 것이다'와 잘 호응합니다. <한 가구를 이루는 식구의 수가 점점 적어져 온 것이다.> "한 가구를 구성하는 단위"를 문장으로 풀어 보죠. "단위가 한 가구를 구성한다." 무슨 뜻인지 짐작이 가긴 합니다만, 엄밀하게 따지면 '단위'는 '한 가구를 구성하는' 주체, 즉 주어가 될 수 없으므로 비문입니다. 이번에는 "한 가구를 이루는 식구"를 문장으로 풀어 보죠. "식구가 한 가구를 이룬다." '가구'를 "주거 및 생계를 같이 하는 사람의 집단"으로 본다면, 식구는 가구를 이루는 것이 맞습니다.

☞ 1970년대까지만 하더라도 우리나라는 대가족이 많았다. 그러다 1980년대부터 핵가족으로 변하더니, 1997년 외환 위기 이후부터는 일인 가구가 늘기 시작했다. <u>한 가구를 이루는 식구의 수가 점점 적어져 온 것이다.</u>

> 18~19세기 무렵, 노예제도를 옹호하는 미국인들은 흑인은 낮은 지능 때문에 백인보다 열등하다고 주장했다. 생물학이 발전하면서 그러한 생각이 허구임이 밝혀졌지만, 인종차별은 사라지지 않고 있다. 차별주의자들은 우리가 자기들에 대해 편견을 갖고 있다고 생각한다. 그들에게 분명히 말해 주고 싶다. <u>우리가 인종차별에 반대하는 이유는 그것이 과학적으로 잘못된 생각이기 때문이다.</u>

밑줄 친 문장에서 주어 '이유는'과 서술어 '때문이다'는 서로 호응하지 않습니다. '이유'는 "어떤 결론이나 결과에 이른 까닭"의 뜻을 갖고 있고, '때문' 역시 "어떤 일의 까닭"의 뜻을 가집니다. 그래서 "~하는 이유는 ~하기 때문이다"는 "까닭은 까닭이다"와 같이 동어반복이 됩니다. <u><우리가 인종차별을 반대하는 것은 그것이 과학적으로 잘못된 생각이기 때문이다.></u> 혹은 <u><우리가 인종차별을 반대하는 이유는 그것이 과학적으로 잘못된 생각이라는 데 있다.></u> 로 고쳐야 합니다.

☞ 18~19세기 무렵, 노예제도를 옹호하는 미국인들은 흑인은 낮은 지능 때문에 백인보다 열등하다고 주장했다. 생물학이 발전하면서 그러한 생각이 허구임이 밝혀졌지만, 인종차별은 사라지지 않고 있다. 차별주의자들은 우리가 자기들에 대해 편견을 갖고 있다고 생각한다. 그들에게 분명히 말해 주고 싶다. <u>우리가 인종차별에 반대하는 것은 그것이 과학적으로 잘못된 생각이기 때문이다.</u>

> <u>불가(佛家)에서 머리카락은 인간이 가지고 있는 욕망이나 노여움이에요.</u> 그래서 스님이 되려는 사람은 머리를 깎습니다. 이는 욕망이나 노여움 같은 번뇌에서 벗어나 부처님 말씀을 따라 살겠다는 의지의 표현입니다. 머리카락은 계속 자라므로, 스님들은 보름에 한 번씩 머리를 깎는답니다.

밑줄 친 문장은 '주어-서술어' 호응에 문제가 있습니다. 구체적인 사물인 '머리카락'은 감정 상태인 '욕망이나 노여움'과 범주가 다른 단어이기 때문입니다. <u><불가(佛家)에서 머리카락은 인간이 가지고 있는 욕망이나 노여움을 의미해요.></u> "A는 B이다"는, A와 B가 다른 범주이면, 비문입니다. "사과는 내가 즐겨 먹는 채소이다"는 비문입니다. "철학은 진리를 사랑하는 마음입니다." 이 문장 역시, 근사하게 읽히지만 비문입니다. 철학은 '마음'이 아니라 '학문'이기 때문입니다.

☞ <u>불가(佛家)에서 머리카락은 인간이 가지고 있는 욕망이나 노여움을 의미해요.</u> 그래서 스님이 되려는 사람은 머리를 깎

습니다. 이는 욕망이나 노여움 같은 번뇌에서 벗어나 부처님 말씀을 따라 살겠다는 의지의 표현입니다. 머리카락은 계속 자라므로, 스님들은 보름에 한 번씩 머리를 깎는답니다.

영화 <파묘>가 개봉 닷새 만에 262만 관객을 동원했다. <서울의 봄>보다 빠른 모객 속도다. <u>아쉬운 건 <파묘>가 봉준호 감독의 <기생충>처럼 압도적인 호평은 아니라는 사실.</u> 그런데도 평론가들은 <파묘>가 천만 관객도 불러모을 수 있을 것이라고 예상한다. 지금은 평점이 관객 수를 좌우하는 때가 아니기 때문이란다.

밑줄 친 문장은 주어와 서술어가 호응하지 않는 비문입니다. 서술어 "압도적인 호평이 아니라는"과 짝을 이루어야 하는 주어는 '<파묘>'가 아니라 '<파묘>에 대한 평가'입니다. 다음 <파묘>를 굳이 봉준호 감독의 <기생충>과 비교할 필요도 없습니다. 명사인 '사실'로 문장을 끊을 필요도 없고요. 고치는 정도가 아니라 새로 써야 할 것 같네요. <u><다만 관객의 호불호가 극명하게 갈리다 보니 아쉽게도 평균 평점은 높은 편이 아니다.></u>

☞ 영화 <파묘>가 개봉 닷새 만에 262만 관객을 동원했다. <서울의 봄>보다 빠른 모객 속도다. <u>다만 관객의 호불호가 극명하게 갈리다 보니 아쉽게도 평균 평점은 높은 편이 아니다.</u> 그런데도 평론가들은 <파묘>가 천만 관객도 불러모을 수 있을 것이라고 예상한다. 지금은 평점이 관객 수를 좌우하는 때가 아니기 때문이란다.

(2) 목적어-서술어 호응의 문제

> 문학을 통해 우리는 내면에 도사리고 있던 방랑을 발견하게
> 된다. '여기까지'라고 금 그어 놓았던 우리의 꿈과 상상력을
> 확장하고, 단조로웠던 무채색의 삶을 다채로운 빛깔로 수놓
> 는다. 어김없이 내일은 오고 내일은 오늘과 다른 삶을 살게
> 될 것이라는 기대와 모험심, 이러한 생기를 가진 사람에서
> 우리는 얼마나 멀어졌는가?

'방랑'을 '만나게 된다'? '방랑'은 "정한 곳 없이 이리저리 떠돌
아다님"입니다. 명사이긴 하나 동작성을 가지고 있는 거죠. 따
라서 방랑은 내면에 도사리고 있을 수도 없고, 우리가 방랑을
만날 수도 없습니다. '방랑의 마음' 혹은 '방랑벽'으로 고치면 어
떨까요? 그럴 경우 수식어를 "내면에 도사리고 있던"도 "내면
에 억눌려 있던"으로 바꾸는 편이 낫겠네요. <문학을 통해 우
리는 내면에 억눌려 있던 방랑벽을 발견하게 된다.>

☞ 문학을 통해 우리는 내면에 억눌려 있던 방랑벽을 만나게
된다. '여기까지'라고 금 그어 놓았던 우리의 꿈과 상상력을
확장시키고, 단조로웠던 무채색의 삶을 다채로운 빛깔로 수
놓는다. 어김없이 내일은 오고 내일은 오늘과 다른 삶을 살게
될 것이라는 기대와 모험심, 이러한 생기를 가진 사람에서 우
리는 얼마나 멀어졌는가?

> <u>한 시대의 양심과 예술혼이 위기를 접할 때마다, 문학은 폭풍처럼 휘몰아치는 위기로 인해 속절없이 져 가는 그 양심과 예술혼의 마지막 잎새를 지켰다.</u> 인생이란 벽돌집 빈 벽에 가까스로 붙어 있는 담쟁이덩굴의 마지막 잎새 같은 것. 문학이란 궁핍과 남루의 사다리를 한 칸 한 칸 올라, 져 버린 마지막 잎새의 자리에 구원의 마지막 잎새를 대신 그리는 것. 마침내 그 궁핍과 남루의 사다리를 내려와 죽어 가는 것.

밑줄 친 문장에서 목적어 '위기를'과 서술어 '접하다'는 호응하지 않습니다. '접하다'는 "물리적으로 이어서 닿다"의 뜻을 가진 자동사이기 때문에 목적어를 취하지 않습니다. "세르비아와 몬테네그로는 보스니아와 접해 있다." "촌락들이 산맥에 접해 있다." 따라서 '접하다'를 '위기를'과 호응하는 타동사로 바꿔야 합니다. '맞다' 혹은 '당하다'로 바꾸는 것이 좋을 듯합니다. <u><한 시대의 양심과 예술혼이 위기를 맞을 때마다, 문학은 폭풍처럼 휘몰아치는 위기로 인해 속절없이 져 가는 그 양심과 예술혼의 마지막 잎새를 지켰다.></u>

☞ <u>한 시대의 양심과 예술혼이 위기를 맞을 때마다, 문학은 폭풍처럼 휘몰아치는 위기로 인해 속절없이 져 가는 그 양심과 예술혼의 마지막 잎새를 지켰다.</u> 인생이란 벽돌집 빈 벽에 가까스로 붙어 있는 담쟁이덩굴의 마지막 잎새 같은 것. 문학이란 궁핍과 남루의 사다리를 한 칸 한 칸 올라, 져 버린 마지막 잎새의 자리에 구원의 마지막 잎새를 대신 그리는 것. 마침내 그 궁핍과 남루의 사다리를 내려와 죽어 가는 것.

(3) 둘 이상의 단어나 문장을 접속할 때 주의할 것

> <u>최근 세계 곳곳에서 발생하는 자연재해의 규모와 빈도가 해</u>
> <u>마다 커지고 있다.</u> 2022년 세계기상기구(WMO)가 발표한
> 보고서에 의하면 지구온난화로 인한 해수면 온도 상승이 자
> 연재해의 주요 요인인 것으로 나타났다.

밑줄 친 문장에서 주어는 '규모와 빈도는'입니다. '규모'와 '빈
도'가 접속조사 '와/과'에 의해 접속되었습니다. 그런데 '규모'는
'크다'고 하지만, '빈도'는 '높다'고 합니다. 따라서 서술어도 두
개가 있어야 합니다. <u><최근 세계 곳곳에서 발생하는 자연재해</u>
<u>의 규모가 해마다 커지고, 빈도 또한 높아지고 있다.></u> '열'은 '많
고', '체온'은 '높고', '죄와 벌'은 '무겁고', '가능성'은 '많고/높고',
'부작용'은 '크고/많고'⋯⋯. '주어-서술어'의 호응 문제, 만만치
않습니다.

☞ <u>최근 세계 곳곳에서 발생하는 자연재해의 규모가 해마</u>
<u>다 커지고, 빈도 또한 높아지고 있다.</u> 2022년 세계기상기구
(WMO)가 발표한 보고서에 의하면 지구온난화로 인한 해수
면 온도 상승이 자연재해의 주요 요인인 것으로 나타났다.

> 이 짧은 소설은 거듭 읽게 된다. 이해하기 어려워서가 아니
> 라, 다르게 이해하고 싶어서다. 그런 면에서 이 소설은 짧아
> 도 길다. <u>짧은 분량인데도 소설적 장치들이 빽빽하게 차 있</u>
> <u>어서, 읽을 때마다 새로움을 발견하게 되고 읽을수록 색다</u>
> <u>른 향기에 취하게 한다.</u>

"읽을 때마다 새로움을 발견하게 되고 읽을수록 색다른 향기에 취하게 한다." 이 부분만 보죠. 두 문장이 하나로 이어진 접속문이네요. ㉠"읽을 때마다 새로움을 발견하게 된다." ㉡"읽을수록 색다른 향기에 취하게 한다." ㉠에서 "새로움을 발견하게 된다"의 주어는 '독자는'이지만, ㉡에서 "색다른 향기에 취하게 한다"의 주어는 '소설은'입니다. 물론 주어들이 생략되었지만 말이죠. 두 문장을 접속하기 위해서는, 가능하다면, 주어를 통일시켜 줘야 합니다. '독자'를 주어로 하는 것이 좋겠습니다. 그러기 위해서는 ㉡의 '취하게 한다'를 '취하게 된다'로 바꿔야 합니다. '소설'은 독자를 '취하게 하지만', '독자'는 소설 때문에 '취하게 됩니다'. 결국 윗글의 밑줄 친 문장은 이렇게 고칩니다. <짧은 분량인데도 소설적 장치들이 빽빽하게 들어차 있어서, 독자는 이 작품을 반복해서 읽을 때마다 새로움을 발견하고 색다른 향기에 취하게 된다.>

☞ 이 짧은 소설은 거듭 읽게 된다. 이해하기 어려워서가 아니라, 다르게 이해하고 싶어서다. 그런 면에서 이 소설은 짧고도 길다. 짧은 분량인데도 소설적 장치들이 빽빽하게 들어차 있어서, 독자는 이 작품을 반복해서 읽을 때마다 새로움을 발견하고 색다른 향기에 취하게 된다.

3. 그 밖의 문제

(1) 구체적이지 않거나 부정확한 문장

> 화석은 먼 옛날에 살았던 생물의 죽은 몸체나 흔적이 남은
> 것이에요. 우리가 알 수 없는 수억 년 전의 지구의 모습을 알
> 려 주는 증거물이지요. 고생물학이나 진화생물학을 연구하
> 는 학자들에게 화석은 매우 중요한 연구 자료랍니다.

윗글의 첫 번째, 두 번째 문장을 보면, 화석의 정의가 정확하
지 않은 것 같아요. 《보리 국어사전》은 '화석'을 이렇게 정의하
고 있네요. "옛날에 살았던 동물이나 식물이 땅속에 묻혀 돌처
럼 굳은 것. 또는 돌에 찍혀 남아 있는 발자국이나 흔적." 그리
고 화석은 지구의 모습이 아니라 당시에 살았던 생물에 대한
소중한 정보를 알려 줍니다. 《나무위키》에 이렇게 쓰여 있네
요. "인류가 존재하기 이전 시점의 생명체가 어떤 모습으로 존
재해 왔는지, 또 어떻게 진화해 왔는지 생생하게 전해주는 돌
덩어리이기도 하다. 때문에 고생물학을 연구하는 학자들에겐

필수 연구 아이템이며, 진화론을 연구할 때 또한 매우 중요한 연구 자료로 활용된다. 이들 학문들은 학문 특성상 화석에 상당 부분을 의지하고 있으며, 지금까지 발견되지 않은 완전히 새로운 생물의 화석이 발견될 때마다 새로운 이론과 가설들이 쏟아진다."

국어사전과 백과사전에서 얻을 수 있는 정보를 정확하고 이해하기 쉽게 잘 정리해야 합니다. 이렇게 말이죠. <화석은 옛날에 살았던 동물이나 식물이 땅속에서 돌처럼 굳은 것, 또는 돌에 찍혀 남아 있는 발자국이나 흔적이에요. 인류가 존재하기 이전 시점의 생명체가 어떤 모습으로 존재해 왔는지, 또 어떻게 진화해 왔는지 생생하게 전해 주는 돌덩어리이지요.>

☞ 화석은 옛날에 살았던 동물이나 식물이 땅속에서 돌처럼 굳은 것, 또는 돌에 찍혀 남아 있는 발자국이나 흔적이에요. 인류가 존재하기 이전 시점의 생명체가 어떤 모습으로 존재해 왔는지, 또 어떻게 진화해 왔는지 생생하게 전해 주는 돌덩어리지요. 고생물학이나 진화생물학을 연구하는 학자들에게 화석은 매우 중요한 연구 자료랍니다.

> 1879년 에디슨의 최신 발명품을 보기 위해 멘로파크 역에 도착한 사람들은 백열전등을 놀라움이 가득한 눈으로 지켜보고 있었다. 그 순간 "에디슨이다!" 하는 외침과 함께 십여 명의 사람들이 에디슨을 보기 위해 일제히 고개를 돌렸다. 이번엔 전혀 다른 이유로 그들은 또 한 번 깜짝 놀라지 않을 수 없었다. <u>그들 앞에 나타난 에디슨은 위엄 있는 과학자의 모습을 하고 있지 않았다.</u> 에디슨은 노동을 게을리하는 안일한 과학자가 아니었다.

독자는 주어나 서술어가 생략된 비문은 대충 이해할 수 있습니다. 문맥을 보고 생략된 주어와 서술어를 찾아내면 되거든요. 하지만, 중요한 정보가 빠져 있는 문장은 정말 이해하기 곤란합니다. '정보 전달'이라는 측면에서만 보면 그런 문장이야말로 심각한 비문입니다. 밑줄 친 문장에서 에디슨의 모습을 구체적으로 적어 주어야 합니다. 그래야 사람들이 에디슨을 보고 깜짝 놀란 이유를 알 수 있습니다. <u><헝클어진 머리카락, 화학약품에 손상된 작업복, 목에 두른 때 묻은 손수건……, 그들 앞에 나타난 에디슨은 위엄 있는 과학자의 모습을 하고 있지 않았다.></u>

☞ 1879년 에디슨의 최신 발명품을 보기 위해 멘로파크 역에 도착한 사람들은 백열전등을 놀라움이 가득한 눈으로 지켜보고 있었다. 그 순간 "에디슨이다!" 하는 외침과 함께 십여 명의 사람들이 에디슨을 보기 위해 일제히 고개를 돌렸다. 이번엔 전혀 다른 이유로 그들은 또 한 번 깜짝 놀라지 않을 수 없

었다. 헝클어진 머리카락, 화학 약품에 손상된 작업복, 목에 두른 때 묻은 손수건……, 그들 앞에 나타난 에디슨은 위엄 있는 과학자의 모습을 하고 있지 않았다. 에디슨은 노동을 게을리하는 안일한 과학자가 아니었다.

간밤에, 눈이 많이도 내렸다. 이제 서울로 떠나면 언제 다시 볼지 모르는 장관을 놓치기 싫어, 눈길을 헤치며 뒷산에 올랐다. 뒷산에서 바라보니 마을 집들이 눈벌판 위에 놓인 하얀 바둑돌 같았고, 동해 쪽으로 뻗어 나가는 철로는 아예 보이지 않았다.

장승욱은 《도사리와 말모이, 우리말의 모든 것》에서 눈을 다음과 같이 나누어 설명했습니다. "가늘게 내리는 비를 가랑비라고 하는 것처럼 조금씩 잘게 내리는 눈은 가랑눈이라고 하는데, 가루처럼 내린다고 해서 가루눈이라고도 한다. 반대로 굵고 탐스럽게 내리는 눈을 가리키는 말은 함박눈이고, 갑자기 많이 내리는 폭설(暴雪)은 소나기눈이라고 한다. 빗방울이 내리다가 갑자기 찬바람을 만나 얼어서 떨어지는 싸라기 같은 눈은 싸라기눈, 줄여서 싸락눈이고, 누리는 싸락눈보다 크고 단단한 덩이로 내리는 눈, 즉 우박(雨雹)을 뜻하는 말이다. (…) 자국눈은 겨우 발자국이 날 정도로 적게 내린 눈, 살눈은 살짝 얇게 내린 눈을 가리킨다. 한 자 또는 한 길이 되게 많이 쌓인 눈은 잣눈이나 길눈이라고 한다. 한 길이란 사람의 키 정도 되는 높이나 길이, 깊이를 나타낸다. 밤에 내리는 눈은 밤눈인데, 밤에 모르는 사이에 내린 눈, 아침에 일어나 '아 눈이 왔구나' 탄

성을 터뜨리게 되는 눈은 '몰래'라는 의미를 강조해 도둑눈이라고 한다. 눈이 와서 쌓인 채 아무도 지나가거나 밟지 않아서 그대로인 눈은 숫눈이라고 하고, 숫눈이 쌓인 길은 숫눈길이라고 하는데, 숫처녀라는 말을 생각하면 이해하기 쉽다."

윗글의 밑줄 친 두 문장은 이렇게 고치면 좋겠습니다. <간밤에, 도둑눈이 내려 무릎 높이까지 쌓였다. 이제 서울로 떠나면 언제 다시 볼지 모르는 장관을 놓치기 싫어, 숫눈길을 헤치며 뒷산에 올랐다.> 눈이라고 다 눈이 아닙니다. 그냥 '눈'은 너무 포괄적인 의미를 가진 단어입니다.

☞ 간밤에, 도둑눈이 내려 무릎 높이까지 쌓였다. 이제 서울로 떠나면 언제 다시 볼지 모르는 장관을 놓치기 싫어, 숫눈길을 헤치며 뒷산에 올랐다. 뒷산에서 바라보니 마을 집들이 들판 위에 놓인 하얀 바둑돌 같았고, 동해 쪽으로 뻗어 나가는 철로는 아예 보이지 않았다.

(2) 너무 긴 문장은 둘 이상으로 나눈다

> 추사 김정희는 친구 권돈인에게 보낸 편지에 "내 글씨는 아직 말하기에 부족함이 있지만 나는 70평생 벼루 10개를 밑창 냈고, 붓 일천 자루를 몽당붓으로 만들었다"라고 썼다. 추사체의 비밀 따위는 없다. 밑창 난 10개의 벼루와 일천 자루의 몽당붓이 있을 뿐이다.

문장 내부에 있는 인용문이 길어 주어(김정희는)와 서술어

(썼다) 사이가 너무 벌어지질 경우 인용문을 따로 한 문장으로 합니다. <추사 김정희는 친구 권돈인에게 보낸 편지에 이렇게 썼다. "내 글씨는 아직 말하기에 부족함이 있지만 나는 70평생 벼루 10개를 밑창 냈고, 붓 일천 자루를 몽당붓으로 만들었다.">

☞ 추사 김정희는 친구 권돈인에게 보낸 편지에 이렇게 썼다. "내 글씨는 아직 말하기에 부족함이 있지만 나는 70평생 벼루 10개를 밑창 냈고, 붓 일천 자루를 몽당붓으로 만들었다." 추사체의 비밀 따위는 없다. 밑창 난 10개의 벼루와 일천 자루의 몽당붓이 있을 뿐이다.

> 지금도 고사리 같은 손으로 펜을 잡은 어린이들부터 제법 성숙한 자아에 눈뜨기 시작한 고등학생들까지, 우리의 청소년들은 뜨거운 사교육 현장에서 한 친구라도 더 낙오자로 만들어 자신이 명문대학교에 승리의 깃발을 꽂기 위해 고군분투 중이다. 하지만 학생들도 학부모들도, 명문대학교를 나오고 할 수 있는 일은 명문대학교를 나왔다는 보잘것없는 사실을 자랑하는 일뿐이라는 것을 부디 명심하기 바란다.

밑줄 친 문장처럼 특정 문장 성분이 지나치게 길 경우, 특히 그 문장 성분을 강조하고 싶을 경우, 그 성분을 다음 문장으로 넘겨 새로운 문장을 만듭니다. 애초의 문장은 문장 성분을 잃어서, 새로 만든 문장은 문장 성분 하나에 불과하기 때문에 둘다 불완전해집니다만, 독자가 엉터리 문장이라고 생각하지는 않습니다. <하지만 학생들도 학부모들도 부디 명심하기 바란

다. 명문대학교를 나오고 할 수 있는 일은 명문대학교를 나왔다는 보잘것없는 사실을 자랑하는 일뿐이라는 것을.> 애초 문장 중 목저어를 다음 문장으로 넘겼네요.

☞ 지금도 고사리 같은 손으로 펜을 잡은 어린이들에서부터 제법 성숙한 자아에 눈뜨기 시작한 고등학생들까지, 우리의 청소년들은 뜨거운 사교육 현장에서 한 친구라도 더 낙오자로 만들어 자신이 승리의 깃발을 명문대학교에 꽂기 위해 고군분투 중이다. 하지만 학생들도 학부모들도 부디 명심하기 바란다. 명문대학교를 나오고 할 수 있는 일은 명문대학교를 나왔다는 보잘것없는 사실을 자랑하는 일뿐이라는 것을.

(3) 중언부언

> 태어나는 모든 존재는 필멸의 존재이다. 그래서 뭐 어쩌란 말인가? "따스한 햇살 아래 / 언젠가는 썩을 수 있는 것으로 / 생겨난 것은 / 아무래도 잘한 일이다." 시인 문정희가 이렇게 읊었는데……. "어느 날 흔적도 없이 사라질 수 있는 것은 아무래도 가슴 벅찬 축복이구나." 이렇게 감격했는데…….

밑줄 친 문장을 보죠. "~존재는 ~존재이다." 동어반복이 눈에 띄네요. 이를 피해야죠. <태어나는 모든 존재는 필멸한다.> 물론 "필멸의 존재"라는 구(句)를 강조하기 위해 동어반복을 감수할 수도 있습니다. 동어반복이 있다고 해서 꼭 나쁜 문장이라고 할 수는 없습니다.

☞ 태어나는 모든 존재는 필멸한다. 그래서 뭐 어쩌란 말인가? "따스한 햇살 아래 / 언젠가는 썩을 수 있는 것으로 / 생겨난 것은 / 아무래도 잘한 일이다." 시인 문정희가 이렇게 읊었는데……. "어느 날 흔적도 없이 사라질 수 있는 것은 아무래도 가슴 벅찬 축복이구나." 이렇게 감격했는데…….

> 챗봇은 궁극적으로는, 대화 상황에서 사람들로 하여금 '내가 인간과 대화하고 있는 거 맞지?' 하는 생각이 들게 만드는 것을 이상으로 한다. 얼마 전까지만 해도 이상은 멀리 있었다. 하지만 최근 미리 계산된 간단한 답변만을 제공하는 챗봇을 넘어, 사용자에게 더 맞춤화되며 고도화된 답변을 제공하는 챗봇이 등장했다.

"답변을 제공~ 답변을 제공~", "맞춤화되며~ 고도화된~", "챗봇을 넘어~ 챗봇이 등장했다." 중언부언이 심하네요. <미리 계산된 간단한 답변만을 제공하던 챗봇은 더욱 고도화·맞춤화되었다.>

☞ 챗봇은 궁극적으로는, 대화 상황에서 사람들로 하여금 '내가 인간과 대화하고 있는 거 맞지?' 하는 생각이 들게 만드는 것을 이상으로 한다. 얼마 전까지만 해도 이상은 멀리 있었다. 미리 계산된 간단한 답변만을 제공하던 챗봇은 더욱 고도화·맞춤화되었다.

(4) 조사 사용의 문제

> 엄마는 <u>집에서 나서기</u> 전 내 책상 위에 천 원짜리 한 장을 올려 두셨다. 우리 자매들은 그 돈을 가지고 슈퍼마켓<u>으로 가</u> 먹고 싶은 과자를 사 들고 와서 엄마·아빠가 오실 때까지 숙제를 하거나 <u>학원을 다녀오거나</u> 이런저런 놀이를 하면서 보냈다.

"어디를 가기 위하여 있던 곳을 나오거나 떠나다"의 뜻을 가진 '나서다'는 대체로 '~을'과 함께합니다. <u>＜집을 나서기＞</u>. "지금 있는 곳에서 어떠한 목적을 가지고 다른 곳으로 옮기다"의 뜻을 가진 '가다'는 대체로 '~에'와 함께합니다. <u>＜슈퍼마켓에 가＞</u>. 한편 "어느 곳에 갔다가 돌아오다"의 뜻을 가진 '다녀오다'는 대체로 '~에'와 함께합니다. <u>＜학원에 다녀오거나＞</u>.

☞ 엄마는 <u>집을 나서기</u> 전 내 책상 위에 천 원짜리 한 장을 올려 두셨다. 우리 자매들은 그 돈을 가지고 <u>슈퍼마켓에 가</u> 먹고 싶은 과자를 사 들고 와서 엄마·아빠가 오실 때까지 숙제를 하거나 <u>학원에 다녀오거나</u> 이런저런 놀이를 하면서 보냈다.

> 언제까지 부모님 도움에 의지하면서 사업할 거야 이 인간아, 라고 소리치는 아내 앞에서 남편은 바들바들 떨고 있었다.

'라고'는 인용조사이므로 앞말에 붙여 써야 합니다. "이 인간아, 라고"는 문법 파괴에 해당합니다. 하지만 제법 많은 소설가가 이런 식으로 인용 조사 '라고'를 씁니다. 소설가에게는 '문법'을 파괴할 자유가 있습니다. 다만 소설이 아니라 객관적이고 논리적인 글을 쓸 때는 이런 파괴가 쉽게 용납될 것 같지 않네요. 윗문장을 세 가지 방법으로 바로잡아 보죠. 첫째, 직접 인용으로 바꾸고 인용 조사 '라고'를 인용문에 붙여 씁니다. <"언제까지 부모님 도움에 의지하면서 사업할 거야 이 인간아"라고 소리치는 아내 앞에서 남편은 바들바들 떨고 있었다.> 둘째, 인용 조사 '라고' 대신 동사 '하고'를 써 보죠. '하고'는 동사이므로 인용문과 띄어 써야 합니다. <"언제까지 부모 도움에 의지하면서 사업할 거야 이 인간아" 하고 소리치는 아내 앞에서 남편은 바들바들 떨고 있었다.> 셋째, 동사 '하고'를 쓰되, 인용문을 큰따옴표로 묶지 않을 수도 있습니다. 대신 윗문장과 같이 콤마를 찍습니다. <언제까지 부모 도움에 의지하면서 사업할 거야 이 인간아, 하고 소리치는 아내 앞에서 남편은 바들바들 떨고 있었다.>

☞ 언제까지 부모 도움에 의지하면서 사업할 거야 이 인간아, 하고 소리치는 아내 앞에서 남편은 바들바들 떨고 있었다.

(5) 어미 사용의 문제

스코틀랜드 왕 덩컨의 사촌이자 충직한 장군인 맥베스는 뱅코와 함께 어명을 받고 반역자 맥도널드와 그의 추종세력을 진압한다. 맥베스는 반역자의 잘린 목을 성벽 위에 꽂아놓는다. 동료 뱅코와 함께 귀환하는 길에 맥베스는 마녀들을 만나게 되는데, 이 요망한 마녀들은 맥베스에게 곧 코더 영주가 되고 이어 스코틀랜드 왕이 될 것이라고 예언한다. 덩컨 왕은 전황을 보고 받자 기쁨에 차, 맥베스를 치하한다. 이어 노르웨이 왕과 결탁한 또 다른 반역자인 코더 영주를 참수하고 대신 맥베스를 코더 영주로 임명한다. 놀라운 일이다. 마녀들의 예언이 적중한 것이다. 왕의 사자로부터 이 사실을 듣게 된 맥베스는 마녀들의 예언을 믿고 싶어진다. 코더 영주가 될 것이라는 예언이 맞았다면 왕이 될 것이라는 예언이라고 맞지 않을 이유가 없지 않은가. <u>이제 충신 맥베스는 반역자가 되어 스코틀랜드 왕좌에 오르고 싶은 야망에 불타오른다.</u>

우선 윗글 전체를 쭉 읽어 봅니다. 다음, 밑줄 친 문장의 '[반역자가] 되어'가 적절한 활용형인지 생각해 봅니다. 아무래도 이보다는 '[반역자가] 되어서라도' 혹은 '[반역자가] 될지라도'가 맥베스의 야망을 제대로 표현하는 활용형 같습니다. '-어서라도'는 어미 '-어서'에 보조사 '라도'가 붙은 형태입니다. 보조사는 어미 뒤에 붙는 때가 많습니다. <u><이제 충신 맥베스는 반역자가 되어서라도 스코틀랜드 왕좌에 오르고 싶은 야망에 불타오른다.></u>

☞ 스코틀랜드 왕 덩컨의 사촌이자 충직한 장군인 맥베스는 뱅코와 함께 어명을 받고 반역자 맥도널드와 그의 추종세력을 진압한다. 맥베스는 반역자의 잘린 목을 성벽 위에 꽂아놓는다. 동료 뱅코와 함께 귀환하는 길에 맥베스는 마녀들을 만나게 되는데, 이 요망한 마녀들은 맥베스에게 곧 코더 영주가 되고 이어 스코틀랜드 왕이 될 것이라고 예언한다. 덩컨 왕은 전황을 보고 받자 기쁨에 차, 맥베스를 치하한다. 이어 노르웨이 왕과 결탁한 또 다른 반역자인 코더 영주를 참수하고 대신 맥베스를 코더 영주로 임명한다. 놀라운 일이다. 마녀들의 예언이 적중한 것이다. 왕의 사자로부터 이 사실을 듣게 된 맥베스는 마녀들의 예언을 믿고 싶어진다. 코더 영주가 될 것이라는 예언이 맞았다면 왕이 될 것이라는 예언이라고 맞지 않을 이유가 없지 않은가. 이제 충신 맥베스는 반역자가 되어서라도 스코틀랜드 왕좌에 오르고 싶은 야망에 불타오른다.

소로는 하버드 대학에서 수학했고, 성적도 우수했다. 하지만 초월주의 사상가 에머슨과 평생 우정을 나누면서 진정한 지식인은 성적순으로 정해지는 것이 아니오, 진정한 인생의 성공은 높은 지위와 많은 재산에 있지 않다는 사실을 누구보다도 잘 아는 지혜로운 사람이 되었다. 실제로 그의 삶은 세속적으로 성공했다고 할 수 없다. 그의 시 세계가 널리 인정받았던 것도 아니오, 그의 대표작이라 할 만한 《월든》과 《시민불복종》도 당시에는 그다지 주목받지 못했다.

"진정한 지식인은 성적순으로 정해지는 것이 아니오"는 <진정한 지식인은 성적순으로 정해지는 것이 아니요>로 바꾸어야 합니다. "그의 시 세계가 널리 인정받았던 것도 아니오" 역시 <그의 시 세계가 널리 인정받았던 것도 아니요>로 바꾸어야 합니다. 어미 '-오'는 "하오체에 쓰여 설명·의문·명령의 뜻을 나타내는 종결 어미"입니다. "내가 할 것이오." "어서 꺼내 보시오." "언제쯤 이곳을 떠나오?" 하지만 윗글에서 밑줄 친 문장을 보면 일단 '하오'체로 쓰이지 않았습니다. 그리고 서술어 "정해지는 것이 아니-"와 "인정받았던 것도 아니-"에 '-오'가 붙었지만 문장이 종결되지 않았습니다. 따라서 '-오'는 잘못 선택한 어미입니다. 어미 '-오' 대신 어미 '-요'를 써야 맞습니다. 어미 '-요'는 "어떤 사물이나 사실 따위를 열거할 때 쓰이는 연결 어미"입니다.

☞ 소로는 하버드 대학에서 수학했고, 성적도 우수했다. 하지만 초월주의 사상가 에머슨과 평생 우정을 나누면서 진정한 지식인은 성적순으로 정해지는 것이 아니요, 진정한 인생의 성공은 높은 지위와 많은 재산에 있지 않다는 사실을 누구보다도 잘 아는 지혜로운 사람이 되었다. 실제로 그의 삶은 세속적으로 성공했다고 할 수 없다. 그의 시 세계가 널리 인정받았던 것도 아니요, 그의 대표작이라 할 만한 《월든》과 《시민불복종》도 당시에는 그다지 주목받지 못했다.

4. 비문 고치기 종합

> ①인간의 발을 만드는 뼈의 개수는 52개(왼발 26개, 오른발 26개)예요. 몸 전체 뼈의 약 4분의 1을 차지하지요. 30cm에도 못 미치는 좁은 부위에 참 많은 뼈가 있는데, 그냥 있는 게 아니라 활처럼 굽어 있어요. 인간 발의 이러한 구조를 '아치'라고 해요. ②서 있거나 걷고 달릴 때 우리가 받는 충격을 흡수하는 거예요.

① '목적어-서술어' 불호응 : "인간의 발을 만드는 뼈"만 놓고 보죠. 관형어 "인간의 발을 만드는"이 '뼈'를 수식하고 있습니다. 이럴 경우 이를 문장화해야 '주어-목적어-서술어' 구조가 확실히 드러납니다. "뼈가 인간의 발을 만든다." 이렇게 문장화하면 주어는 '뼈가'이고, 목적어는 '발을'이며, 서술어는 '만든다'입니다. 이중 목적어와 서술어가 서로 호응하지 않습니다. '만든다'가 너무 포괄적인 동사이기 때문입니다. 더 적당한 서술어는 '구성하다'일 것입니다. 따라서 밑줄 친 문장은 이렇게 고쳐야 합니다. <인간의 발을 구성하는 뼈의 개수는 52개(왼발 26개, 오른발 26개)예요.>

② 주어의 부재 : 서술어 "[충격을] 흡수하는 거예요"와 짝을 이루는 주어가 생략돼 있네요. '아치의 주된 기능은'쯤을 문두에 써야 합니다. <아치의 주된 기능은 서 있거나 걷고 달릴 때 우리가 받는 충격을 흡수하는 거예요.>

☞ 인간의 발을 구성하는 뼈의 개수는 52개(왼발 26개, 오른발 26개)예요. 몸 전체 뼈의 약 4분의 1을 차지하지요. 30㎝에도 못 미치는 좁은 부위에 참 많은 뼈가 있는데, 그냥 있는 게 아니라 활처럼 굽어 있어요. 인간 발의 이러한 구조를 '아치'라고 해요. <u>아치의 주된 기능은 서 있거나 걷고 달릴 때 우리가 받는 충격을 흡수하는 거예요.</u>

누에나방의 애벌레를 누에라고 해요. ①<u>누에는 8cm 정도 자라면, 실을 토하여 제 몸을 싸서 고치를 만들어요.</u> 누에고치는 작은 실타래인 셈이에요. 고대 중국인들은 이 누에고치에서 누에가 토한 실을 뽑아내는 기술을 처음 알아냈어요.
　누에는 뽕잎을 먹여서 키웠는데, 이것을 '양잠(養蠶)'이라고 해요(養은 기를 양 자이고, 蠶은 누에 잠 자예요). ②<u>한 마리의 누에가 만든 고치에서 뽑을 수 있는 실은 1킬로미터가 넘어요.</u> ③<u>이 실을 일일이 물레에 감아서 명주실을 얻고, 이것으로 비단을 만드는 기술은 한나라 때 널리 보급되었어요.</u>
　점차 대량으로 생산되기 시작한 비단은 상인들에 의해 서양으로 날개 돋친 듯 팔려 나갔어요. 동양과 서양이 본격적으로 문물을 교환하기 시작한 계기가 된 것이지요. 그래서 훗날 사람들은 비단을 사고팔기 위해 상인들이 만든 길을 '실크로드(비단길)'라고 불렀답니다.

① '목적어-서술어' 불호응 : 목적어 '고치를'과 서술어 '만들어요'는 호응하지 않습니다. '만들다'라는 동사는 너무 포괄적인 의미를 갖고 있어요. "고치를 만들어요"를 "고치를 지어요"로 고쳐야 합니다. <누에는 8cm 정도 자라면, 실을 토하여 제 몸을 싸서 고치를 지어요.>

② '목적어-서술어' 불호응 : "한 마리의 누에가 만든 고치"만 놓고 보죠. 이를 문장화하면 "한 마리의 누에가 고치를 만든다"가 됩니다. 이 문장에서 목적어 '고치를'과 서술어 '만든다'는 호응하지 않습니다. '만든다'보다는 '짓는다'가 적절한 동사입니다. 따라서 "한 마리의 누에가 만든 고치"는 "한 마리의 누에가 지은 고치"로 고쳐야 합니다. <한 마리의 누에가 지은 고치에서 뽑을 수 있는 실은 1킬로미터가 넘어요.>

③ '목적어-서술어' 불호응 : '비단'은 '짜는' 것이지 '만드는' 것이 아닙니다. '짜다'는 "실이나 끈 따위를 씨와 날로 걸어서 천 따위를 만들다"라는 뜻을 가지는 동사입니다. "가마니를 짜다." "돗자리를 짜다." "베를 짜다." "비단을 만드는 기술은"을 "비단을 짜는 기술은"으로 고쳐야 합니다. <이 실을 일일이 물레에 감아서 명주실을 얻고, 이것으로 비단을 짜는 기술은 한나라 때 널리 보급되었어요.>

☞ 누에나방의 애벌레를 누에라고 해요. 누에는 8cm 정도 자라면, 실을 토하여 제 몸을 싸서 고치를 지어요. 누에고치는 작은 실타래인 셈이에요. 고대 중국인들은 이 누에고치에서 누에가 토한 실을 뽑아내는 기술을 처음 알아냈어요. 누에는 뽕잎을 먹여서 키웠는데, 이것을 '양잠(養蠶)'이라고

해요(養은 기를 양 자이고, 蠶은 누에 잠 자예요). 한 마리의 누에가 지은 고치에서 뽑을 수 있는 실은 1킬로미터가 넘어요. 이 실을 일일이 물레에 감아서 명주실을 얻고, 이것으로 비단을 짜는 기술은 한나라 때 널리 보급되었어요.

점차 대량으로 생산되기 시작한 비단은 상인들에 의해 서양으로 날개 돋친 듯 팔려 나갔어요. 동양과 서양이 본격적으로 문물을 교환하기 시작한 계기가 된 것이지요. 그래서 훗날 사람들은 비단을 사고팔기 위해 상인들이 만든 길을 '실크로드(비단길)'라고 불렀답니다.

오르골은 시간을 자동으로 알려주는 중세 교회의 시계탑에서 유래했어요. 시간마다 아름다운 멜로디를 연주하는 시계탑을 보며, 중세인들은 천사가 사는 작은 집이라고 생각했을 것 같아요.

①15세기에 태엽 장치가 만들어진 후, 오르골은 소형화하기 시작했어요. 마침내 18세기에 스위스 제네바의 어느 시계 장인이, 오늘날 우리가 선물로 주고받는 깜찍한 오르골, 즉 태엽을 감아 놓으면 환상적인 멜로디가 흘러나오는 오르골을 최초로 발명했다고 해요. 이후 오르골은 스위스의 주요 수출품이 되었어요. ②하지만 에디슨이 축음기를 발명하면서 오르골은 많이 쇠퇴했습니다.

---

① '목적어-서술어' 불호응 : "15세기에 태엽장치가 만들어진 후," 이 부분만 보죠. 주어 '태엽장치가'와 서술어 '만들어진'이 호응하지 않습니다. 포괄적인 의미를 갖는 '만들어진'을 '개발

된' 혹은 '발명된'으로 고쳐야 합니다. <u><15세기에 태엽 장치가 발명된 후, 오르골은 소형화하기 시작했어요.></u>

② '주어-서술어' 불호응 : "오르골은 많이 쇠퇴했습니다." 이 부분만 보죠. 주어 '오르골은'과 서술어 '쇠퇴했지만'은 호응하지 않습니다. '오르골은'을 '오르골 산업은'으로 고쳐야 합니다. <u><하지만 에디슨이 축음기를 발명하면서 오르골 산업은 많이 쇠퇴했습니다.></u>

☞ 오르골은 시간을 자동으로 알려주는 중세 교회의 시계탑에서 유래했어요. 시간마다 아름다운 멜로디를 연주하는 시계탑을 보며, 중세인들은 천사가 사는 작은 집이라고 생각했을 것 같아요.

<u>15세기에 태엽 장치가 발명된 후, 오르골은 소형화하기 시작했어요.</u> 마침내 18세기에 스위스 제네바의 어느 시계 장인이, 오늘날 우리가 선물로 주고받는 깜찍한 오르골, 즉 태엽을 감아 놓으면 환상적인 멜로디가 흘러나오는 오르골을 최초로 발명했다고 해요. 이후 오르골은 스위스의 주요 수출품이 되었어요. <u>하지만 에디슨이 축음기를 발명하면서 오르골 산업은 많이 쇠퇴했습니다.</u>

가을이 지나가고 겨울이 오면 곰은 따뜻한 동굴이나 땅속에서 3개월 이상 겨울잠을 자요. ①그 이유는 먹을 것이 부족하기 때문이에요. 체온을 유지하기가 어려워서이기도 하고요. ②곰은 겨울잠에 들기 전에 먹이를 실컷 먹어 몸속에 지방을 충분히 쌓아 놓아야 해요. 이 지방을 태우면서 에너지를 얻어 3개월 이상의 혹독한 추위를 견뎌야 하니까요. 일단 겨울잠에 들면, 곰은 최소한의 생명 활동만 해요. 심장박동 수도 줄이고 숨을 쉬는 횟수도 줄이죠. 가뜩이나 부족한 에너지를 낭비하지 않기 위해서입니다.

그런데 모든 곰이 다 겨울잠을 자는 것은 아니에요. 먹이가 풍부하거나 비교적 따뜻한 지역에 사는 곰은 겨울잠을 자지 않아요. 또한 영하 40℃의 날씨를 버틸 수 있는 털과 체내 지방이 있는 북극곰도 얕은 겨울잠을 자다 일어나 물개와 물범 등을 사냥하기도 한답니다.

① '주어-서술어' 불호응 : 주어인 '이유는'과 서술어 '때문이에요'는 호응하지 않습니다. '그 이유는'을 생략해 <먹을 것이 부족하기 때문이에요.>로 고쳐야 해요. 이 문장의 생략된 주어는 '그 이유는'이 아니라 "곰이 겨울잠을 자는 것은"입니다. 한편 '그 이유는'을 살리고 싶다면 <그 이유는 먹을 것이 부족한 데 있어요.>로 고쳐야 해요.

② '목적어-서술어' 불호응 : "지방을 충분히 쌓아 놓아야"만 보죠. '목적어-서술어' 호응에 문제가 있네요. '지방을 쌓아 놓아야'보다는 '지방을 저장해 놓아야'가 더 낫겠죠? <곰은 겨울잠에 들기 전에 먹이를 실컷 먹어 몸속에 지방을 충분히 저장해 놓아야 해요.>

☞ 가을이 지나가고 겨울이 오면 곰은 따뜻한 동굴이나 땅속에서 3개월 이상 겨울잠을 자요. <u>먹을 것이 부족하기 때문이에요.</u> 체온을 유지하기가 어려워서이기도 하고요. <u>곰은 겨울잠에 들기 전에 먹이를 실컷 먹어 몸속에 지방을 충분히 저장해 놓아야 해요.</u> 이 지방을 태우면서 에너지를 얻어 3개월 이상의 혹독한 추위를 견뎌야 하니까요. 일단 겨울잠에 들면, 곰은 최소한의 생명 활동만 해요. 심장박동수도 줄이고 숨을 쉬는 횟수도 줄이죠. 가뜩이나 부족한 에너지를 낭비하지 않기 위해서입니다.

그런데 모든 곰이 다 겨울잠을 자는 것은 아니에요. 먹이가 풍부하거나 비교적 따뜻한 지역에 사는 곰은 겨울잠을 자지 않아요. 또한 영하 40℃의 날씨를 버틸 수 있는 털과 체내 지방이 있는 북극곰도 얕은 겨울잠을 자다 일어나 물개와 물범 등을 사냥하기도 한답니다.

10대 때는 성장 속도가 빨라요. 그래서 몸속으로 흡수한 에너지 중 대부분이 성장하는 데 쓰이죠. 따라서 이 시기에는 음식을 골고루, 그리고 충분히 먹어 주어야 해요. 그뿐 아니라 키와 몸무게의 균형 있는 성장을 위해서는 규칙적으로 운동을 하는 것이 좋아요. ①<u>줄넘기·달리기·수영·역도 같은 유산소 운동과 팔굽혀펴기·턱걸이·요가 같은 무산소 운동을 권하고 싶네요.</u> ②<u>이러한 운동은 골격과 근육의 힘뿐 아니라 심폐지구력도 강해집니다.</u>

---

① 범주가 같지 않은 것들의 나열(혹은 접속, 혹은 병렬) : 역도

는 무산소 운동이고, 요가는 유산소 운동입니다. 따라서 '줄넘기·달리기·수영·역도'에서 역도는 '무산소 운동' 쪽으로 보내고, '팔굽혀펴기·턱걸이·요가'에서 요가는 '유산소 운동 쪽으로 보내야 합니다. <줄넘기·달리기·수영·요가 같은 유산소 운동과 팔굽혀펴기·턱걸이·역도 같은 무산소 운동을 권하고 싶네요.>

② 서술어 부재 : 주어 '운동은'과 짝을 이루는 서술어가 없습니다. <이러한 운동은 골격과 근육의 힘을 길러 주고, 심폐지구력도 강화해 줍니다.>

☞ 10대 때는 성장 속도가 빨라요. 그래서 몸속으로 흡수한 에너지 중 대부분이 성장하는 데 쓰이죠. 따라서 이 시기에는 음식을 골고루, 그리고 충분히 먹어 주어야 해요. 그뿐 아니라 키와 몸무게의 균형 있는 성장을 위해서는 규칙적으로 운동을 하는 것이 좋아요. 줄넘기·달리기·수영·요가 같은 유산소 운동과 팔굽혀펴기·턱걸이·역도 같은 무산소 운동을 권하고 싶네요. 이러한 운동은 골격과 근육의 힘을 길러 주고, 심폐지구력도 강화해 줍니다.

공자의 가르침을 제자들이 정리한 책 《논어》에는 '후생가외(後生可畏 : 뒤 후, 날 생, 가할 가, 두려워할 외)'라는 말이 나와요. "뒤에 난 사람(젊은 제자)들은 두려워할 만하다"라는 뜻이에요. ①공자가 아니라도, 스승은 기꺼이 그런 두려운 제자를 기르고 싶어 할 거예요. ②스승이 자신보다 더 나은 제자를 길러 내지 못하고 학문의 발전을 기대할 수 없잖아요.

① 부적절한 조사 : '스승은 기꺼이'를 '스승이라면 기꺼이'로 고칩니다. '이라면'은 "체언이나 부사어의 뒤에 붙어, 어떤 대상을 조건으로 삼는 뜻을 나타내는 보조사"입니다. <공자가 아니라도, 스승이라면 기꺼이 그런 두려운 제자를 기르고 싶어 할 거예요.>

② 부적절한 어미 : '길러 내지 못하고'를 '길러 내지 못한다면'으로 고칩니다. 어미 '-다면'은 "어떠한 사실을 가정하여 조건으로 삼는 뜻을 나타내는 연결 어미"입니다. <스승이 자신보다 더 나은 제자를 길러 내지 못한다면 학문의 발전을 기대할 수 없잖아요.>

☞ 공자의 가르침을 제자들이 정리한 책 《논어》에는 '후생가외(後生可畏 : 뒤 후, 날 생, 가할 가, 두려워할 외)'라는 말이 나와요. "뒤에 난 사람(젊은 제자)들은 두려워할 만하다"라는 뜻이에요. 공자가 아니라도, 스승이라면 기꺼이 그런 두려운 제자를 기르고 싶어 할 거예요. 스승이 자신보다 더 나은 제자를 길러 내지 못한다면 학문의 발전을 기대할 수 없잖아요.

①악어는 크게 가비알, 앨리게이터, 크로커다일, 이렇게 3종류예요. ②우선 가비알은 인도, 파키스탄, 미얀마 등에 1종만 살고 있고, 235마리 정도 된다고 해요. 멸종 위기에 놓인 동물입니다. 주둥이가 좁고 길며, 주로 물고기를 잡아먹어요.

한편 앨리게이터는 주둥이가 넓고 짧은 편인데, 미국 미시시피강과 중국 양쯔강에 살고 있어요. 민물에서만 살고 있는 셈이에요. 턱이 강력해서 거북에서 포유류까지 다양한 먹이를 잡아먹어요.

마지막으로 크로커다일은 주둥이가 뾰족하고 길며, 성질이 무척 사납다고 알려져 있어요. 세계 여러 곳의 열대 지방에 살고 있는데, 앨리게이터와 마찬가지로 턱이 강력해서 다양한 먹이를 잡아먹죠. 앨리게이터와 달리 강, 호수 등 민물뿐 아니라 바다에서도 살아요. ③바다에 사는 크로커다일은 6미터나 되고 1톤이 넘는답니다.

① '주어-서술어' 불호응 : 주어 '악어는'은 서술어 "이렇게 3종류예요"와 호응하지 않습니다. "이렇게 3종류예요"를 "이렇게 3종류로 나눌 수 있어요"로 고쳐야 합니다. <악어는 크게 가비알, 앨리게이터, 크로커다일, 이렇게 3종류로 나눌 수 있어요.>
② 주어 부재 : "235마리 정도 된다." 이 부분만 보죠. 주어가 없습니다. 주어는 '개체수는'이 되어야 맞습니다. <우선 가비알은 인도, 파키스탄, 미얀마 등에 1종만 살고 있고, 개체수는 235마리 정도 된다고 해요.>
③ 주어 부재 : 서술어 "6미터나 되고"와 "1톤이 넘는답니다"의 주어가 없습니다. 주어에 해당하는 '몸길이가'와 '무게는'을 써

넣어야 합니다. <u><바다에 사는 크로커다일은 몸길이가 6미터나 되고 무게는 1톤이 넘는답니다.></u> "몸길이가 6미터나 되고"에서 주어는 '몸길이가'이고, "6미터나 되고"가 서술어입니다. 서술어가 '주어-서술어' 형식을 갖춘 문장인 겁니다. 이런 서술어를 서술절이라고 합니다. '6미터나'가 주어인 것이 이상한가요? '나'는 보조사입니다. 주격 조사 자리에 쓰여, '6미터'가 주어임을 나타내며, 동시에 "수량이 크거나 많음, 또는 정도가 높음"을 강조하는 역할을 합니다. "무게는 1톤이 넘는답니다"에서도 서술어는 서술절 "1톤이 넘는답니다"입니다.

☞ <u>악어는 크게 가비알, 앨리게이터, 크로커다일, 이렇게 3종류로 나눌 수 있어요. 우선 가비알은 인도, 파키스탄, 미얀마 등에 1종만 살고 있고, 개체수는 235마리 정도 된다고 해요.</u> 멸종 위기에 놓인 동물입니다. 주둥이가 좁고 길며, 주로 물고기를 잡아먹어요.
한편 앨리게이터는 주둥이가 넓고 짧은 편인데, 미국 미시시피강과 중국 양쯔강에 살고 있어요. 민물에서만 살고 있는 셈이에요. 턱이 강력해서 거북에서 포유류까지 다양한 먹이를 잡아먹어요.
마지막으로 크로커다일은 주둥이가 뾰족하고 길며, 성질이 무척 사납다고 알려져 있어요. 세계 여러 곳의 열대 지방에 살고 있는데, 앨리게이터와 마찬가지로 턱이 강력해서 다양한 먹이를 잡아먹죠. 앨리게이터와 달리 강, 호수 등 민물뿐 아니라 바다에서도 살아요. <u>바다에 사는 크로커다일은 몸길이가 6미터나 되고 무게는 1톤이 넘는답니다.</u>

왕은 이동식 변기인 '매화틀'에 대변을 보았어요. 왕이 대변을 보고 싶다고 하면 나인과 궁녀들은 황급히 사각형의 휘장을 둘러치고 매화틀을 넣어둡니다. 왕을 위한 화장실이 즉석에서 만들어지는 것이죠. ①매화틀은 나무로 만들어졌고 그 안에 구리그릇이 들어 있어서 서랍처럼 넣고 뺄 수 있어요. ②왕이 대변을 보면 나인이 비단이나 부드러운 천으로 밑을 닦고 물로 씻어 드렸어요. 왕의 용변과 관련한 일을 전담하는 나인은 '복이나인'이었어요. 복이나인은 왕의 대변이 담긴 구리그릇을 가끔씩 내의원에 가져다주었는데, 어의(御醫)는 대변의 맛을 보거나 향기를 맡아 왕의 건강상태를 알아보았다고 합니다.

① 목적어의 부재 : 목적어, 즉 '[서랍처럼] 넣고 뺄 수 있는' 대상이 생략됐습니다. 나무로 된 틀에 구리그릇이 들어 있다고 해서 그 구리그릇을 서랍처럼 넣고 뺄 수 있는 것은 아니에요. 따라서 "구리그릇이 들어 있어서(구리그릇이 들어 있기 때문에) 서랍처럼 넣고 뺄 수 있어요"는 논리적으로 부자연스러워요. 그리고 한 문장 안에서 하려는 말이 너무 많아요. 두 문장으로 쪼개면 좋을 듯합니다. <매화틀은 나무로 되어 있는데, 그 안에 왕의 대변을 받아 내는 구리그릇이 들어 있어요. 이 그릇은 서랍처럼 넣고 뺄 수 있게 만들어졌답니다.>
② 적절한 '보조 용언'의 사용 : '보면'을 '보고 나면'으로 고치면 좋겠습니다. 보조동사 '나다'는 "앞말이 뜻하는 행동이 끝났음을 나타내는 말"이기 때문에 그렇습니다. 국어에서 보조용언은 이럴 때 쓰라고 있는 겁니다. <왕이 대변을 보고 나면 나인이 비단이나 부드러운 천으로 밑을 닦고 물로 씻어 드렸어요.>

☞ 왕은 이동식 변기인 '매화틀'에 대변을 보았어요. 왕이 대변을 보고 싶다고 하면 나인과 궁녀들은 황급히 사각형의 휘장을 둘러치고 매화틀을 넣어둡니다. 왕만을 위한 화장실이 즉석에서 만들어지는 것이죠. 매화틀은 나무로 되어 있는데, 그 안에 왕의 대변을 받아 내는 구리그릇이 들어 있어요. 이 그릇은 서랍처럼 넣고 뺄 수 있게 만들어졌답니다. 왕이 대변을 보고 나면 나인이 비단이나 부드러운 천으로 밑을 닦고 물로 씻어 드렸어요. 왕의 용변과 관련한 일을 전담하는 나인은 '복이나인'이었어요. 복이나인은 왕의 대변이 담긴 구리그릇을 가끔씩 내의원에 가져다주었는데, 어의(御醫)는 대변의 맛을 보거나 향기를 맡아 왕의 건강상태를 알아보았다고 합니다.

①로마인들은 어느 지역을 점령하고 나면, 점령지를 효과적으로 지배하기 위해서 점령지와 로마를 연결하는 길을 닦았어요. 점령지가 점차 많아지고 식민지도 늘어났지만, 그래도 "모든 길은 로마로 통했어요." ②길을 닦는 데 필요한 기술의 수준도 상당했던 것 같아요. 먼저 땅을 판 다음, 자갈을 채워 넣고, 그 위에 넓은 판자 같은 돌로 포장을 했어요. ③길옆에는 물이 흘러가는 길을 만들어서 길 위에 물이 넘치지 않게 했죠. 총 길이가 수십만km나 되었던 로마의 길은 에스파냐, 프랑스, 독일, 북유럽까지 뻗어 나갔답니다.

① 문장 나누기 : "로마인들은 어느 지역을 점령하고 나면, 점령지와 로마를 연결하는 길을 닦았어요"에서 서술어 "[길을] 닦았어요"를 수식하는 부사어인 "점령지를 효과적으로 지배하기

위해서"가 좀 기네요. 그렇다면 다음 문장으로 보내는 것도 좋을 듯합니다. <로마인들은 어느 지역을 점령하고 나면, 점령지와 로마를 연결하는 길을 닦았어요. 점령지를 효과적으로 지배하기 위해서였지요.>

② '주어-서술어' 불호응 : "길을 닦는 데 필요한 기술"만 보죠. 관형어 "길을 닦는 데 필요한"이 '기술'을 수식하고 있습니다. 이럴 경우 이를 문장화해야 '주어-서술어' 구조가 확실히 드러납니다. "기술이 길을 닦는 데 필요하다." 이렇게 문장화하면 주어는 '기술이'이고, 서술어는 '필요하다'입니다. 이때 '기술'이라는 단어가 너무 포괄적입니다. '토목기술'로 바꾸면 좋겠습니다. <길을 닦는 데 필요한 토목기술의 수준도 상당했던 것 같아요.>

③ 적절한 단어 사용 : "물이 흘러가는 길"을 '배수로'라고 합니다. 적절한 단어를 쓰면 문장으로 쓸 것을 그 단어 하나로 해결합니다. 결과적으로 효율적이고 깔끔한 문장을 쓸 수 있게 됩니다. <길옆에는 배수로를 만들어서 길 위에 물이 넘치지 않게 했죠.>

☞ 로마인들은 어느 지역을 점령하고 나면, 점령지와 로마를 연결하는 길을 닦았어요. 점령지를 효과적으로 지배하기 위해서였지요. 점령지가 점차 많아지고 식민지도 늘어났지만, 그래도 '모든 길은 로마로 통했어요.' 길을 닦는 데 필요한 토목기술의 수준도 상당했던 것 같아요. 먼저 땅을 판 다음, 자갈을 채워 넣고, 그 위에 넓은 판자 같은 돌로 포장을 했어요. 길옆에는 배수로를 만들어서 길 위에 물이 넘치지 않게 했죠.

총 길이가 수십만km나 되었던 로마의 길은 에스파냐, 프랑스, 독일, 북유럽까지 뻗어 나갔답니다.

천문학자들은 별의 밝기를 등급으로 나타내는데, 등급에는 겉보기 등급과 절대 등급, 이렇게 두 가지가 있어요. 첫째 겉보기 등급은 우리 눈에 보이는 별의 밝기를 기준으로 나눈 등급이에요. 그래서 밝은 별이어도 지구로부터 멀리 떨어져 있으면 등급이 낮고, 반대로 어두운 별이어도 지구와 가까우면 등급이 높아요. ①<u>따라서 겉보기 등급은 별의 실제 밝기가 아니에요.</u>

둘째 절대 등급은 모든 별을 같은 거리(32.6광년)에 두고 비교한 등급이에요. 절대 등급으로 밝기를 따질 경우, 지구와 멀리 떨어져 있어 겉보기에 어두워도 높은 등급의 별이 있고, 지구와 가까워 겉보기에 밝아도 낮은 등급의 별이 있어요. 지구와 가장 가까운 별(스스로 빛을 내는 천체)이라 할 수 있는 태양은 겉보기 등급은 최상 등급이지만, 절대 등급은 중간 정도밖에 안 됩니다. ②<u>현재까지 관측된 별 중 절대 등급이 가장 밝은 것은 지구에서 4만5천 광년 거리에 있는 'LBV1806-20'입니다. 태양보다 4천만 배 밝다고 합니다.</u>

① '주어-서술어' 불호응 : '겉보기 등급'은 '밝은 정도'가 아니에요. '밝은 정도를 수로 나타낸 등급'이에요. 따라서 주어인 '겉보기 등급은'과 서술어인 "실제 밝기가 아니에요"는 호응하지 않습니다. 이렇게 써야죠. <따라서 겉보기 등급은 별의 실제 밝기를 나타낼 수 없어요.>

② '주어-서술어' 불호응 : "절대 등급이 가장 밝은"만 놓고 '주어-서술어' 호응을 따져 보죠. 주어는 '절대 등급이'이고, 서술어는 '[가장] 밝은'입니다. ①의 설명과 똑같습니다. '절대 등급'은 "밝은 정도를 수로 나타낸 것"이기 때문에 높거나 낮지, 밝거나 어둡지 않아요. 따라서 이렇게 고쳐야 합니다. <u><현재까지 관측된 별 중 절대 등급이 가장 높은 것은 지구에서 4만5천 광년 거리에 있는 'LBV1806-20'입니다.></u>

☞ 천문학자들은 별(스스로 빛을 내는 천체)의 밝기를 등급으로 나타내는데, 등급에는 겉보기 등급과 절대 등급, 이렇게 두 가지가 있어요. 첫째 겉보기 등급은 우리 눈에 보이는 별의 밝기를 기준으로 나눈 등급이에요. 그래서 밝은 별이어도 지구로부터 멀리 떨어져 있으면 등급이 낮고, 반대로 어두운 별이어도 지구와 가까우면 등급이 높아요. <u>따라서 겉보기 등급으로는 별의 실제 밝기를 나타낼 수 없어요.</u>
둘째 절대 등급은 모든 별을 같은 거리(32.6광년)에 두고 비교한 등급이에요. 절대 등급으로 밝기를 따질 경우, 지구와 멀리 떨어져 있어 겉보기에 어두워도 높은 등급의 별이 있고, 지구와 가까워 겉보기에 밝아도 낮은 등급의 별이 있어요. 지구와 가장 가까운 별이라 할 수 있는 태양은 겉보기 등급은 최상 등급이지만, 절대 등급은 중간 정도밖에 안 됩니다. <u>현재까지 관측된 별 중 절대 등급이 가장 높은 것은 지구에서 4만5천 광년 거리에 있는 'LBV1806-20'입니다.</u> 태양보다 4천만 배 밝다고 합니다.

아시아, 오세아니아, 북아메리카, 남아메리카, 남극 등의 큰 대륙들이 둘러싸고 있는 거대한 바다가 바로 태평양이에요. ①면적은 1억 6,525만㎢인데, 지구 표면 전체의 35%, 바다 전체의 46%에 해당해요. 평균 수심은 4,280m인데, 현재까지 알려진 최대 수심은 마리아나 해구로 11,053m예요.

　②'태평양'(太平洋, Pacific Ocean)이란 바다는, 1519년부터 1522년까지 세계 일주를 했던 마젤란이 '평화, 태평의 바다'라고 부른 것에서 유래하였습니다. 마젤란이 항해할 때는 태평양의 기상(氣象)이 좋았나 봐요. 하지만 사실 태평양은 예측하기 어려운 기상, 특히 태풍 때문에 결코 태평하지 않아요. 더군다나 태평양을 고리처럼 빙 두르고 있는 환태평양 지진대에서는 지진과 화산폭발이 빈번하답니다.

① '주어-서술어' 불호응 : 서술어 '해당해요'와 짝이 되는 주어가 없어요. '이는'이라는 대명사 주어를 써넣어야 해요. 대명사 '이'는 '이 면적'을 대신합니다. <면적은 1억 6,525만㎢인데, 이는 지구 표면 전체의 35%, 바다 전체의 46%에 해당해요.>
② '주어-서술어' 불호응 : 주어 '태평양이란 바다는'과 서술어 '~에서 유래하였다'는 호응하지 않습니다. '바다'는 사물이기 때문에 '마젤란의 말'에서 생겨 날 수 없죠. 주어가 '태평양이란 이름은'이 되어야 합니다. <태평양'(太平洋, Pacific Ocean)이란 이름은, 1519부터 1522년까지 세계 일주를 했던 마젤란이 '평화, 태평의 바다'라고 부른 것에서 유래하였습니다.>

☞ 아시아, 오세아니아, 북아메리카, 남아메리카, 남극 등의 큰 대륙들이 둘러싸고 있는 거대한 바다가 바로 태평양이에요. 면적은 1억 6,525만㎢인데, 이는 지구 표면 전체의 35%, 바다 전체의 46%에 해당해요. 평균 수심은 4,280m인데, 현재까지 알려진 최대 수심은 마리아나 해구로 11,053m예요. '태평양'(太平洋, Pacific Ocean)이란 이름은, 1519부터 1522년까지 세계 일주를 했던 마젤란이 '평화, 태평의 바다'라고 부른 것에서 유래하였습니다. 마젤란이 항해할 때는 태평양의 기상(氣象)이 좋았나 봐요. 하지만 사실 태평양은 예측하기 어려운 강한 바람과 태풍 때문에 결코 태평하지 않아요. 더군다나 태평양을 고리처럼 빙 두르고 있는 환태평양 지진대에서는 지진과 화산폭발이 빈번하답니다.

중세 유럽에 흑사병이라고 불리는 전염병이 돈 것은 1347년부터였어요. 1347년부터 1351년 사이의 약 3년 동안 2천만 명가량의 유럽인들이 사망했어요. 이는 그 당시 전체 유럽 인구의 3분의 1에 해당했죠. ①흑사병으로 인해 노동력이 갑자기 줄어들면서, 장원제도는 급격히 붕괴했어요. ②또한 중세인들은 흑사병과 같은 대재앙 앞에서는 종교가 아무런 도움도 되지 않는다는 사실을 깨달았어요. 살아남은 유럽인들은 신보다는 인간과 자연에 대해 깊은 관심을 갖게 되었어요. 그러한 관심을 바탕으로 14세기 이탈리아에서 휴머니즘(인문주의)과 르네상스가 시작됐죠.

① 보다 정확하고 구체적인 설명 : 노동력이 갑자기 줄어들면 장원제도가 왜 급격히 붕괴하는지, 알 도리가 없습니다. 짧은 설명이 필요합니다. <흑사병으로 인해 노동력이 갑자기 줄어들면서, 농노들의 노동력을 기반으로 하던 장원제도는 급격히 붕괴했어요.>

② 보다 정확하고 구체적인 설명 : 흑사병으로 인해 종교의 권위가 떨어진 이유를 짧게라도 언급하면 좋겠어요. 필요하면 한 문장을 더 써서라도요. 종교의 권위가 떨어진 데에는 여러 가지 이유가 있겠죠. "흑사병이 성직자라고 비켜가지 않았다는 사실"을 중세인들이 깨달았다는 점을 언급하면 어떨까 합니다. <또한 중세인들은 흑사병과 같은 대재앙 앞에서는 종교가 아무런 도움도 되지 않는다는 사실을 깨달았어요. 흑사병이 성직자라고 비켜 가지 않았거든요.>

☞ 중세 유럽에 흑사병이라고 불리는 전염병이 돈 것은 1347년부터였어요. 1347년부터 1351년 사이의 약 3년 동안 2천만 명가량의 유럽인들이 사망했어요. 이는 그 당시 전체 유럽 인구의 3분의 1에 해당했죠. 흑사병으로 인해 노동력이 갑자기 줄어들면서, 농노들의 노동력을 기반으로 하던 장원제도는 급격히 붕괴했어요. 또한 중세인들은 흑사병과 같은 대재앙 앞에서는 종교가 아무런 도움도 되지 않는다는 사실을 깨달았어요. 흑사병이 성직자라고 비켜 가지 않았거든요. 살아남은 유럽인들은 신보다는 인간과 자연에 대해 깊은 관심을 갖게 되었어요. 그러한 관심을 바탕으로 14세기 이탈리아에서 휴머니즘(인문주의)과 르네상스가 시작됐죠.

①뜨거운 열대 지방이나 사막에서도 높은 산에 올라가면 시원하게 느껴져요. 평균적으로 해발고도가 100m 상승할 때마다 기온이 0.6℃씩 떨어진다고 해요.

이렇게 해발고도에 따라 기온이 변하는 것은 공기 밀도, 지구의 복사에너지, 이 둘과 관계가 있어요. 복사에너지는 열을 가진 물체가 외부로 방출하는 에너지를 말해요. 지표면은 중력의 영향으로 공기의 밀도가 높아요. 지구 복사에너지를 받아 데워진 공기가 많이 있는 거죠. 그러니 기온이 높을 수밖에 없답니다. 하지만 높은 산은 모든 상황이 지표면과 반대이다 보니 기온이 낮을 수밖에 없겠죠?

②아프리카에서 가장 높은 산은 케냐와 탄자니아를 나누는 킬리만자로 산(5,895m)이에요. 뜨거운 열대 지방에서도 높은 산에는 만년설이 반짝이고 있답니다.

① 불필요한 피동 표현 : 아무 문제가 없는 문장 같아 보입니다. 우리가 이런 식의 비문을 많이 쓰기 때문입니다. 이 문장은 두 문장이 이어지면서 만들어진 접속문입니다. ㉠"[뜨거운 열대 지방이나 사막에서] 높은 산에 올라가다." ㉡"시원하게 느껴진다." ㉠의 생략된 주어는 '우리가'이고, ㉡의 생략된 주어는 '공기가'입니다. 생략된 주어를 모두 넣으면 비문에서 벗어납니다. <뜨거운 열대 지방이나 사막에서도 우리가 높은 산에 올라가면 공기가 시원하게 느껴져요.> 깔끔한 문장으로 보이나요? 윗글을 모두 읽고 나면 그다지 잘 된 문장 같지 않다는 생각이 들 겁니다. 확 바꿔 보죠. <뜨거운 열대 지방이나 사막에서도 높은 산에 올라가면 떨어진 기온 때문에 시원함을 느낄 수 있어요.>

두 문장으로 나누어도 좋을 듯하네요. <뜨거운 열대 지방이나 사막에서도 높은 산에 올라가면 시원함을 느낄 수 있어요. 바로 떨어진 기온 때문이죠.>

② 보다 정확하고 구체적인 설명 : "케냐와 탄자니아를 나누는 킬리만자로 산(5,895m)"만 보죠. 이는 "케냐와 탄자니아의 경계를 이루고 있는 킬리만자로 산"으로 읽힙니다. 따라서 밑줄 친 문장은 이렇게 고치면 좋겠네요. <아프리카에서 가장 높은 산은 케냐와 탄자니아의 경계를 이루고 있는 킬리만자로 산(5,895m)이에요.>

☞ 뜨거운 열대 지방이나 사막에서도 높은 산에 올라가면 떨어진 기온 때문에 시원함을 느낄 수 있어요. 평균적으로 해발고도가 100m 상승할 때마다 기온이 0.6℃씩 떨어진다고 해요. 이렇게 해발고도에 따라 기온이 변하는 것은 공기 밀도, 지구의 복사에너지, 이 둘과 관계가 있어요. 복사에너지는 열을 가진 물체가 외부로 방출하는 에너지를 말해요. 지표면은 중력의 영향으로 공기의 밀도가 높아요. 지구 복사에너지를 받아 데워진 공기가 많이 있는 거죠. 그러니 기온이 높을 수밖에 없답니다. 하지만 높은 산은 모든 상황이 지표면과 반대이다 보니 기온이 낮을 수밖에 없겠죠?
아프리카에서 가장 높은 산은 케냐와 탄자니아의 경계를 이루고 있는 킬리만자로 산(5,895m)이에요. 뜨거운 열대 지방에서도 높은 산에는 만년설이 반짝이고 있답니다.

산이나 들에 나가 음식을 먹기 전에, 그 음식을 조금 떼어 주위에 던지는 행위를 '고수레'라고 해요. 고수레를 할 때는 '고수레!' 하고 외치죠. 외치는 말도 '고수레!', 외치는 행위도 '고수레'입니다. ①지방마다 '고시레' 혹은 '고씨네'라고도 하는데, '고수레'가 표준어로 정해졌습니다.

'고수레'는 우리 곁에 늘 함께하는 신을 섬기고 그 신께 복을 받으려는 행위예요. 그런데 던져진 음식은 대부분 굶주린 야생 동물들이 먹습니다. 그래서 '고수레'는 생명 사랑의 행위이기도 한 거예요. 인간이 먹는 모든 음식은 대자연 속에서 얻어져요. 그러니 그 음식을 인간이 독차지할 수는 없잖아요? ②신과 대자연과 인간, 이 셋이 함께 음식을 나누는 '고수레'는 세계에서 가장 아름다운 풍속입니다.

① 불필요한 피동 표현 : "'고수레'가 표준어로 정해졌습니다." 이 피동 표현이 이상하네요. "'고수레'가 표준어입니다." 이 정도면 됩니다. <지방마다 '고시레' 혹은 '고씨네'라고도 하는데, '고수레'가 표준어입니다.> '몇 년 몇 월 며칠에', '무슨 이유로', '어떤 과정을 거쳐서' 정하였는지가 매우 중요할 경우에는 피동 표현으로 할 수도 있을 겁니다. 하지만 여기서는 그런 경우가 아닙니다.

② 삼가야 할 과장 표현 : "세계에서 가장 아름다운" 같은 최상급, '절대로', '영원히' 같은 부사, '모든' 같은 관형사는 삼가는 것이 좋습니다. 담백하게 고쳐 보죠. <신과 대자연과 인간, 이 셋이 함께 음식을 나누는 '고수레'는 따뜻하고 아름다운 우리의 풍속입니다.>

☞ 산이나 들에 나가 음식을 먹기 전에, 그 음식을 조금 떼어 주위에 던지는 행위를 '고수레'라고 해요. 고수레를 할 때는 '고수레!' 하고 외치죠. 외치는 말도 '고수레!', 외치는 행위도 '고수레'랍니다. 지방마다 '고시레' 혹은 '고씨네'라고도 하는데, '고수레'가 표준어입니다.

'고수레'는 우리 곁에 늘 함께하는 신을 섬기고 그 신께 복을 받으려는 행위예요. 그런데 던져진 음식은 대부분 굶주린 야생 동물들이 먹어요. 그래서 '고수레'는 생명 사랑의 행위이기도 한 거예요. 인간이 먹는 모든 음식은 대자연 속에서 얻어져요. 그러니 그 음식을 인간이 독차지할 수는 없잖아요? 신과 대자연과 인간, 이 셋이 함께 음식을 나누는 '고수레'는 따뜻하고 아름다운 우리의 풍속입니다.

지구에는 엄청난 양의 물이 있지만, 우리가 사용할 수 있는 강과 호수의 물은 그중 1%도 안 됩니다. 현재 세계 인구 중 3분의 1은 물 부족에 시달리고, 매년 30만 명의 아이들이 물 부족과 그로 인한 병으로 죽어 가고 있어요. ①사정이 이렇게 되자, 물의 소중함을 알리기 위해, 1992년 유엔은 3월 22일을 '세계 물의 날'로 정했어요. 매년 이날이 되면 각국에서 물을 비롯한 수자원과 관련된 각종 회의가 열리고 있습니다. 물 부족은 먼 나라의 일이 아닙니다. ②전문가들은 우리나라도 머지않아 물 부족 때문에 고통받게 될 거라고 예측하고 있습니다. 하지만 사람들은 이 끔찍한 현실을 잘 모르고 있습니다.

① '주어-서술어' 불호응 : "제도나 법률 혹은 기념일을 정하다"의 뜻을 가진 단어로 '제정하다'가 있습니다. "'세계 물의 날'로 정하다"는 "'세계 물의 날'로 제정하다"로 바꾸는 것이 좋겠습니다. <사정이 이렇게 되자, 물의 소중함을 알리기 위해, 1992년 유엔은 3월 22일을 '세계 물의 날'로 제정했어요.>
② 보다 정확하고 구체적인 설명 : 우리나라가 왜 물 부족 때문에 고통받게 될 거라고 예측하는지 짧은 언급이라도 있어야 하겠습니다. <전문가들은 도시화와 인구집중, 이상기후로 인한 가뭄 때문에 우리나라도 머지않아 물 부족으로 고통받게 될 거라고 예측하고 있습니다.>

☞ 지구에는 엄청난 양의 물이 있지만, 우리가 사용할 수 있는 강과 호수의 물은 그중 1%도 안 됩니다. 현재 세계 인구 중 3분의 1은 물 부족에 시달리고, 매년 30만 명의 아이들이 물 부족과 그로 인한 병으로 죽어 가고 있어요. <u>사정이 이렇게 되자, 물의 소중함을 알리기 위해, 1992년 유엔은 3월 22일을 '세계 물의 날'로 제정했어요.</u> 매년 이날이 되면 각국에서 물을 비롯한 수자원과 관련된 각종 회의가 열리고 있습니다. 물 부족은 먼 나라의 일이 아닙니다. <u>전문가들은 도시화와 인구집중, 이상기후로 인한 가뭄 때문에 우리나라도 머지않아 물 부족으로 고통받게 될 거라고 예측하고 있습니다.</u> 하지만 사람들은 이 끔찍한 사실을 잘 모르고 있습니다.

태양왕 루이 14세는 귀족들의 화려한 궁전들을 둘러보고 자존심이 많이 상했습니다. 그래서 당대 최고의 예술가들을 불러 유사 이래 가장 화려한 궁전을 지으라고 명령했지요. 전해지는 이야기입니다.

①'짐이 곧 국가다!' 하고 생각했던 루이 14세의 상한 자존심이 베르사유 궁전을 지었다는 이야기가 사실인지는 모르겠지만, 그런 이야기가 나올 만큼 베르사유는 화려해요. 50년 동안 막대한 비용을 들여 지은 베르사유 궁전이 얼마나 화려한지는 짧은 글로 설명할 수 없겠죠.

②1682년 파리에서 베르사유로 왕궁이 옮긴 후, 루이 14세는 매일 수백 명의 귀족들을 불러 화려한 연회를 열었어요. 왕실의 부유함도 과시하고, 왕에 대항하여 내란을 일으키곤 하던 당시 귀족들을 향락에 젖은 바보로 만들기 위해서였답니다.

① '주어-서술어' 불호응 : "루이 14세의 상한 자존심이 베르사유 궁전을 지었다는"만 보죠. 주어인 '자존심이'가 서술어 "[궁전을] 지었다는"과 짝을 이룰 수는 없습니다. 감정이 건축을 할 수는 없으니까요. '자존심'이 이유가 되었을 수는 있겠죠. 문장 전체를 이렇게 고치면 어떨까요? <'짐이 곧 국가다!' 하고 생각했던 루이 14세의 상한 자존심 때문에 베르사유 궁전이 지어졌다는 이야기가 사실인지는 모르겠지만, 그런 이야기가 나올 만큼 베르사유는 화려해요.>

② '주어-서술어' 불호응 : "1682년 파리에서 베르사유로 왕궁이 옮긴"만 보죠. '옮긴'의 주어는 '루이 14세는'입니다. 그리고

'옮기다'는 타동사이기 때문에 목적어를 필요로 합니다. 따라서 '왕궁이'를 '왕궁을'로 바꿔야 합니다. 문장 전체는 이렇게 됩니다. <1682년 파리에서 베르사유로 왕궁을 옮긴 후, 루이 14세는 매일 수백 명의 귀족들을 불러 화려한 연회를 열었어요.>

☞ 태양왕 루이 14세는 귀족들의 화려한 궁전들을 둘러보고 자존심이 많이 상했습니다. 그래서 당대 최고의 예술가들을 불러 유사 이래 가장 화려한 궁전을 지으라고 명령했지요. 전해지는 이야기입니다.
'짐이 곧 국가다!' 하고 생각했던 루이 14세의 상한 자존심 때문에 베르사유 궁전이 지어졌다는 이야기가 사실인지는 모르겠지만, 그런 이야기가 나올 만큼 베르사유는 화려해요. 50년 동안 막대한 비용을 들여 지은 베르사유 궁전이 얼마나 화려한지는 짧은 글로 설명할 수 없겠죠.
1682년 파리에서 베르사유로 왕궁을 옮긴 후, 루이 14세는 매일 수백 명의 귀족들을 불러 화려한 연회를 열었어요. 왕실의 부유함도 과시하고, 왕에 대항하여 내란을 일으키곤 하던 당시 귀족들을 향락에 젖은 바보로 만들기 위해서였답니다.

지금으로부터 약 200년 전까지만 해도 천연두는 매우 무서운 병이었습니다. ①천연두에 걸린 아이 중 80%는 목숨을 잃었고, 살아난다 해도 얼굴에 심한 흉터를 남겼거든요. 천연두 예방에 결정적인 공헌을 한 사람은 제너(1749~1823)라는 영국의 한 시골 의사였답니다.

　제너는 시골 마을에서 우연히 이런 말을 들었습니다. "우두에 걸린 사람은 천연두에 걸리지 않아요." 우두는 소가 앓는 천연두인데, 가끔 소와 자주 접촉하는 사람이 우두에 걸리는 경우도 있었어요. ②그 말을 들은 제너는 '우두에 걸린 사람의 물집에서 뽑아낸 내용물을 다른 사람의 몸에 접종하면 천연두를 피할 수 있지 않을까?' 하고 생각했습니다. 그의 생각은 틀리지 않았어요. 꾸준한 실험 끝에 제너는 기어코 천연두 예방주사를 만들었어요. 예방의학의 시대를 열었던 겁니다.

① 접속문 쓰기 : "살아난다 해도 얼굴에 심한 흉터를 남겼거든요"만 보조. 이 문장은 ㉠'살아난다 해도', ㉡'얼굴에 심한 흉터를 남겼거든요', 이 두 문장으로 이루어진 접속문입니다. ㉠의 '살아난다 해도'의 주어는 '아이가'겠죠. 생략돼 있습니다. 그래도 됩니다. 앞에서, 즉 "천연두에 걸린 아이 중 80%는 목숨을 잃고"에서 우리는 '살아난다 해도'의 주어가 '아이가'임을 알 수 있으니까요. ㉡의 서술어 '남겼거든요'와 짝을 이루는 주어는 '천연두가'입니다. 이 주어는 생략할 수 없습니다. 그런데 생략했으니 비문이 된 겁니다. 따라서 '천연두가'를 써넣으면 이 접속문은 이렇게 됩니다. <살아난다 해도 천연두가 얼굴에 심한

흉터를 남겼거든요.>

다른 방식으로 이 접속문을 고칠 수도 있습니다. ⓛ의 "심한 흉터를 남겼거든요"를 "심한 흉터가 남았거든요"로 고치면 됩니다. <살아난다 해도 얼굴에 심한 흉터가 남았거든요.> ⓛ의 주어를 '천연두가'에서 '심한 흉터가'로 바꾸고, 그에 따라 서술어도 '남겼거든요'에서 '남았거든요'로 바꾼 겁니다. 이 방식이 더 자연스럽네요. 문장 전체를 써 보면 더욱 그러합니다. <천연두에 걸린 아이 중 80%는 목숨을 잃었고, 살아난다 해도 얼굴에 심한 흉터가 남았거든요.>

② 문장 나누기 : 인용문 '우두에 걸린 사람의 물집에서 뽑아낸 내용물을 다른 사람의 몸에 접종하면 천연두를 피할 수 있지 않을까?'를 따로 한 문장으로 만듭니다. 이렇게요. <그 말을 들은 제너는 이렇게 생각했습니다. '우두에 걸린 사람의 물집에서 뽑아낸 내용물을 다른 사람의 몸에 접종하면 천연두를 피할 수 있지 않을까?'>

☞ 지금으로부터 약 200년 전까지만 해도 천연두는 매우 무서운 병이었습니다. 천연두에 걸린 아이 중 80%는 목숨을 잃었고, 살아난다 해도 얼굴에 심한 흉터가 남았거든요. 천연두 예방에 결정적인 공헌을 한 사람은 제너(1749-1823)라는 영국의 한 시골 의사였답니다.

제너는 시골 마을에서 우연히 이런 말을 들었습니다. "우두에 걸린 사람은 천연두에 걸리지 않아요." 우두는 소가 앓는 천연두인데, 가끔 소와 자주 접촉하는 사람이 우두에 걸리는 경우도 있었어요. 그 말을 들은 제너는 이렇게 생각했습니다.

'우두에 걸린 사람의 물집에서 뽑아낸 내용물을 다른 사람의 몸에 접종하면 천연두를 피할 수 있지 않을까?' 그의 생각은 틀리지 않았습니다. 꾸준한 실험 끝에 제너는 기어코 천연두 예방주사를 만들었어요. 예방의학의 시대를 열었던 겁니다.

제3부 : 좋은 문장 익히기

《외딴방》을 꼼꼼하게 읽었습니다. 한 문장 한 문장을 분석해 보았습니다. 글쓴이는 써야 할 말은 꼭 챙기고, 안 써야 할 말은 반드시 버렸더군요. 이런 생각도 들었습니다. 아직 글을 배우는 사람이 써야 할 말을 버리거나 버려야 할 말을 챙기면 비문 혹은 좋지 않은 문장을 쓰게 된다는 생각 말입니다.

1. 생략의 기술

버들가지에 물오른 봄날이다. 허투루 쌓은 돌담 사이로 문
짝을 열어놓고 주인장은 못에 들어가 말을 씻는다. 아랫것
들 시켜도 될 궂은일인데, 주인이 내켜 말고삐를 잡았다. 날
이 따스워진 까닭이다. 홑겹 옷에 팔 걷어붙이고 다리통까
지 드러냈지만 체면에 상툿바람은 민망했던지 탕건을 썼다.
말의 표정이 재미있다. 눈은 초승달이고 콧구멍은 벌름댄다.
입도 안 벌리고 웃는 모양새다. 솔로 등을 문질러주자 녀석
기분이 한결 좋아졌다. 그린 이는 단원 김홍도이고, 제목은
'세마도(洗馬圖)다.(손철주.《사람 보는 눈》.14쪽)

김홍도. 세마도<(洗馬圖)>

그다지 길지 않은 글인데, 주어가 없는 문장만 세 개가 나옵니다. 밑줄 쳐 두었습니다. 이쯤이면 작정하고 주어 없는 문장을 즐기듯 쓴 거죠. 주어든 서술어든 목적어든 필수적 부사어든, 문장 성분 하나라도 빼 먹어 비문이 나오면 어쩌나, 하고 걱정하는 수준이 아닙니다. 어떻게 이게 가능할까요?

이 글은 김홍도의 <세마도>와 함께 읽는 텍스트입니다. 거장의 그림에 글을 덧붙이는 일이니 가뜩이나 글솜씨 빼어난 글쓴이한테야 누워서 떡 먹기죠. 10개의 문장에 문장 성분을 가득가득 담을 필요가 있을까요? <세마도>가 넘치게 말하고 있는데…….

첫 번째 문장부터 주어가 생략되어 있습니다. 주어는 '오늘은' 혹은 '그림 속의 오늘은'쯤이 될 겁니다. 한번 써 보죠. "그림 속의 오늘은 버들가지 물오른 봄날이다." 글의 간결성이 뚝 떨어집니다. 이번엔 네 번째 문장을 보죠. "날이 따스워진 까닭이다." 여기서 생략된 주어는 무엇일까 생각하고 있자니, 앞의 문장 세 개가 나요, 나요, 나요, 합니다. 이미 썼네요. 세 개의 문장에서 읽을 수 있는 일들이, 따지고 보면, 다 날이 따스워진 까닭에 일어난 것 아닌가요? 여덟 번째 문장은 또 어떤가요? "입도 안 벌리고 웃는 모양새다." 혹시 글쓴이의 막역한 친구가 꿀밤을 놓았을지도 모르겠습니다. "사내놈이 뭔 말이 이리 많아! 지워 버려!" 그럴 리는 없습니다. 글쓴이가 안 써도 되는 말을 썼을 리는 없죠. 입 안 벌리고 한번 웃어 보세요. 눈은 초승달이고 코는 벌름대게 됩니다.

순전히 자기 즐기자고 쓴 글처럼 보이지만 마지막 문장에서는 각을 잡네요. "그린 이는 단원 김홍도이고, 제목은 '세마도'

다." 글쓴이가 우리 옛 그림을, 단원 김홍도를, 우리말·우리글을 얼마나 자랑스러워하는지, 이 위엄 있는 한 문장이 말해 줍니다.

> 지난봄에 상·하로 나뉘어 있는 작품을 한 권으로 합본하기로 출판사와 합의하고 새 교정지를 받아 정독과 수정을 동시에 진행했다. 쉬다가 다시 하고 쉬다가 다시 하는 사이 두 계절이 훌쩍 지나갔다. (…) <u>《풍금이 있던 자리》 이후로 오로지 소설 쓰기에 몰입해 있었던 지난 칠, 팔 년이 하루로 느껴지는 요즘이다.</u> 문학으로부터 입은 은혜와 피로가 동시에 느껴졌다. 이 작품을 다시 읽는 시간이 내겐 휴식이었다. 질 쉬었으니 이제 새 섬광 속으로 건너가야겠다.(신경숙. 《외딴방》. 7쪽.)

《외딴방》 개정판 '작가의 말'에서 뽑은 글입니다. 밑줄 친 문장의 주어는 '요즘은'이죠. 이 주어를 쓸 경우 "요즘은 요즘이다"와 같이 동어반복이 일어납니다. "요즘에는 《풍금이 있던 자리》 이후로 오로지 소설 쓰기에 몰입해 있었던 지난 칠, 팔 년이 단 하루로 느껴진다"와 같이 쓰면 주어도 갖추고 '동어반복'도 피하는 문장이 됩니다. 하지만, 글쓴이에게 이런 문장은 예술작품에 어울리는 문장이 아니겠지요.

《외딴방》을 꼼꼼하게 읽었습니다. 한 문장 한 문장을 분석해 보았습니다. 글쓴이는 써야 할 말은 꼭 챙기고, 안 써야 할 말은 반드시 버렸더군요. 얼마나 힘겨웠을까요! 이런 생각도 들었습니다. 아직 글을 배우는 사람이 써야 할 말을 버리거나 버려야 할 말을 챙기면 비문 혹은 좋지 않은 문장을 쓰게 된다는 생각 말입니다. "~하는 요즘이다"같이 주어가 부재한 문장은, 꼭 써야 하는지 고민하지 않고 함부로 써서는 안 됩니다. 그게 그렇게 함부로 할 일이 아니거든요.

「마지막 교정을 보는데 지워야 할 문장들이 내 손끝을 붙잡았다. (…) 거리감을 잃고 저 혼자 완강한 문장 앞에서 망설이고 망설였다. 그 문장을 골라낼 때의 어려움이 손끝에 남아 있어서. 그때 맞은편에 앉아서 그가 말했다. 그렇죠. 쓸 때 고생했던 생각이 나면 지울 수가 없죠. 그는 내 얼굴을 정면으로 쳐다보며 이해인 수녀의 서시의 한 구절을 말해 주었다. "때로는 아까운 말도 용기 있게 버려서 더욱 빛나는 한 편의 시처럼 살게 하소서." …… 그의 목소릴 듣고도 이틀을 더 망설인 후에야, 나는 내 문장들을 조금 더 버릴 수가 있었다.」(《외딴방》 초판 '작가의 말' 중에서)

> 신씨 부인은 두 팔을 벌려 진과 난의 머리를 함께 잡아 저고리 품속으로 끌어안았다. <u>인삼 향과 따스한 살 냄새와 뭉클한 정이 고여 있는 넉넉하고 깊숙한 가슴이었다.</u> 진은 그 가슴에 안겨 안채의 둥근 정원 너머로 빠끔히 열린 대문 밖을 내다보았다.(전경린.《황진이 1》. 28쪽.)

밑줄 친 문장에는 주어가 없습니다. 앞 문장을, 그 앞 문장의 앞 문장을 봐도 주어가 무엇인지 정확하지 않습니다. 가장 근사한 것이라면, 역시 '신씨 부인의 가슴'쯤이 아닐까요? 그럴 경우 이 문장은 동어반복에 빠지고 맙니다. "신씨 부인의 가슴은 인삼 향과 따스한 살 냄새와 뭉클한 정이 고여 있는 넉넉하고 깊숙한 가슴이었다." 그래서 글쓴이는 굳이 주어를 쓸 필요가 없었을 겁니다.

그런데 정말 생략된 주어가 '신씨 부인의 가슴'일까요? 아마도 아닐 겁니다. 정확하게 말할 수는 없지만, 밑줄 친 문장의 서술어 "가슴이었다"를 에워싸고 독자를 사로잡는 그 무엇, 그것이 바로 이 문장의 주어입니다. 자상하게도 글쓴이는 힌트를 충분히 주었습니다. "인삼 향과 따스한 살 냄새와 뭉클한 정이 고여 있는 넉넉하고 깊숙한" 그것! 어린 황진이 진이 그것에 안기지 않고서는 "밖을 내다볼 수 없는" 바로 그것!

> 산속에 <u>사람</u> 흔적 눈 씻고 봐도 없다. 그래도 물이 <u>흐르고</u> 꽃이 핀다. 꽃 피고 물 흐르는 풍경은 유정하거나 무정하지 않다. <u>시</u> 짓고 <u>그림</u> 그리는 <u>이</u> 저 혼자 겨워할 따름이다. 스스로 그러해서 '자연(自然)'이다. 저 <u>빈산</u>, 무엇이 아쉬워 <u>사람</u> 손길을 기다리겠는가?(손철주.《옛 그림 보면 옛 생각 난다》. 33쪽.)

첫 번째 문장에 조사를 붙여 보죠. "산속에 사람의 흔적은 눈을 씻고 봐도 없다." 영 맛이 안 나네요. 좀 다르게 해 보죠. "산속에 사람의 흔적이라고는 눈을 씻고 봐도 없다." 이것도 아니네요. 글쓴이처럼 조사를 확 지워버리면, 보기에 시원하고 듣기에 맑습니다. 무릇 문장에서 가락을 찾으려거든 조사를 쓰는 데 인색해야 하는 법입니다. 조사 앞의 명사가 1음절, 혹은 2음절일 때 특히 효과적이죠. 국어의 율격은 석 자나 넉 자를, 가끔 씩은 다섯 자를 좋아하거든요. "산 좋고, 골 깊고, 물 맑고, 하늘 푸르고, 인정 푸지고……."

최북崔北, <공산무인도空山無人圖>

2. 반복의 기술

마음이라는 것이 꺼내볼 수 있는 몸속 장기라면, 가끔 가슴에 손을 넣어 꺼내서 따뜻한 물로 씻어주고 싶었다. 깨끗하게 씻어서 수건으로 물기를 닦고 해가 잘 들고 바람이 잘 통하는 곳에 널어놓고 싶었다. 그러는 동안 나는 마음이 없는 사람으로 살고, 마음이 햇볕에 잘 마르면 부드럽고 좋은 향기가 나는 마음을 다시 가슴에 넣고 새롭게 시작할 수 있겠지.(최은영.《밝은 밤》. 14쪽.)

　첫 번째 문장에서 '마음'을 딱 한 번만 썼습니다. "가슴에 손을 넣어 마음을 꺼내서"와 같이 서술어 '꺼내서'의 목적어로 '마음을'을 쓸 수도 있었지만 그러지 않았죠. 두 번째 문장에서는 아예 쓰지 않았습니다. 그래서 깔끔하게 읽힙니다. 세 번째 문장에서는 '마음'을 주어(마음이)로 두 번, 목적어(마음을)로 한 번, 총 세 번이나 썼습니다. 문장 성분을 함부로 생략하지 않은 것이죠. 한 문장에 같은 단어가 세 번이나 반복되는 일이 흔하지는 않습니다. 하지만 글쓴이는 그렇게 써야만 했던 겁니다.

《밝은 밤》의 이 대목을 지면이 뚫어질 정도로 읽고 또 읽었습니다. 놀라웠습니다. 글쓴이는 이 세 문장을 도대체 몇 번이나 퇴고했을까요? '마음'을 각 문장에 몇 번, 몇 번, 몇 번을 쓸지, 주어로는 몇 번, 목적어로는 몇 번을 쓸지, 얼마나 많이 고민했을까요? 글쓴이가 쓰고 지운 모든 과정을 포렌식해서 보고 싶었습니다.

"내게는 지난 이 년이 성인이 된 이후 보낸 가장 어려운 시간이었다. 그 시간의 절반 동안은 글을 쓰지 못했고 나머지 시간 동안 《밝은 밤》을 썼다. 그 시기의 나는 사람이 아니었던 것 같은데, 누가 툭 치면 쏟아져내릴 물주머니 같은 것이었는데, 이 소설을 쓰는 일은 그런 내가 다시 몸을 얻고, 내 마음을 얻어 한 사람이 되어가는 과정이었다."(《밝은 밤》. '작가의 말' 중에서)

그래요. 글쓴이는 "부드럽고 좋은 향기가 나는 마음을 다시 가슴에 넣고 새롭게 시작할 수 있겠지"요?

> 내가 엄마로 살면서도 이렇게 내 꿈이 많은데 내가 이렇게 <u>나의</u> 어린 시절을, <u>나의</u> 소녀 시절을, <u>나의</u> 처녀 시절을 하나도 잊지 않고 기억하고 있는데 왜 엄마는 처음부터 엄마인 것으로만 알고 있었을까. (신경숙.《엄마를 부탁해》. 261쪽.)

드물지만, 글쓴이가 의도적으로 어떤 말을 '반복'하는 경우가 있습니다. 윗문장에서는 '나의'가 세 번이나 반복됩니다. 이는 '반복'이라기보다는 '강조'입니다. 엄마와 달리 나는 '나의' 인생을, '나의' 꿈을 여러 가지로 기억하고 있다는 사실을 강조하고 있기 때문입니다. 중언부언과는 완전히 다릅니다.

윗문장에 이어지는 글은 읽기가 참 송구스럽고 벅찹니다만, 그래도 읽어 보죠. 이제는 반대로 '엄마'라는 말이 열여덟 번이나 쏟아집니다.

"엄마는 꿈을 펼쳐볼 기회도 없이 시대가 엄마 손에 쥐어준 가난하고 슬프고 혼자서 모든 것과 맞서고, 그리고 꼭 이겨나갈밖에 다른 길이 없는 아주 나쁜 패를 들고서도 어떻게든 최선을 다해서 몸과 마음을 바친 일생이었는데, 난 어떻게 엄마의 꿈에 대해서는 아무런 생각도 해본 적이 없었을까.

언니. 감나무를 옮겨심느라 파놓은 구덩이 속에 그만 얼굴을 처박고 싶었어. 나는 엄마처럼 못 사는데 엄마라고 그렇게 살고 싶었을까? 엄마가 옆에 있을 때 왜 나는 이런 생각을 한 번도 하지 않았을까. 딸인 내가 이 지경이었는데 엄마는 다른 사람들 앞에서 얼마나 고독했을까. 누구에게도 이해받지 못한 채로 오로지 희생만 해야 했다니 그런 부당한 일이 어떻게 있을 수 있어.

언니. 단 하루만이라도 엄마와 같이 있을 수 있는 날이 우리들에게 올까? 엄마를 이해하며 엄마의 얘기를 들으며 세월의 갈피 어딘가에 파묻혀버렸을 엄마의 꿈을 위로하며 엄마와 함께 보낼 수 있는 시간이 내게 올까? 하루가 아니라 단 몇 시간만이라도 그런 시간이 주어진다면 나는 엄마에게 말할 테야. 엄마가 한 모든 일들을, 그걸 해낼 수 있었던 엄마를, 아무도 기억해주지 않는 엄마의 일생을 사랑한다고. 존경한다고.

언니, 언니는 엄마를 포기하지 말아줘. <u>엄마를 찾아줘</u>."(신경
숙.《엄마를 부탁해》. 261~262쪽.)

같은 말이 이렇게 반복되는 글은 정말 보기 힘듭니다. 어떤
말이 이렇게 많이 반복되면서도 감동적인 글은 도대체 어떻게
쓰는 걸까요? 글쓴이에게 사연이 있었나 봅니다. 글쓴이는, 6
년이나 묵혀 두었던 이 작품을 비로소 쓰기 시작한 어느날에
대해 고백한 적이 있습니다. "어느날 '어머니'를 '엄마'로 고쳐
보았다. 신기한 일이었다. 어머니를 엄마로 고치고 나니 바로
첫 문장이 이루어졌다."(《창작과비평》. 2007년 겨울호. 348쪽.)

글쓴이에게나 독자에게나, '엄마'라는 말은 무한히 반복해도
지루하지 않은 말일 겁니다. 하지만 같은 말을, 아무리 그 말이
'엄마'일지라도, 이 정도로 반복하면서도 좋은 문장, 좋은 글을
쓸 수 있는 것은 글쓴이가 숙련된 기술자이기 때문입니다. 글
을 배우는 사람은 설불리 따라 하지 않는 것이 좋겠습니다.

> 예부터 치욕을 갚는 것은 명예로운 일이었다. 많은 전통사
> 회에서 모욕당하는 것은 흔히 군사적 공격의 빌미가 되었
> 다. 모욕을 당한다는 것은 <u>자신의 이름, 가문의 이름, 부족의
> 이름</u>에 먹칠을 하는 것이었고 그것은 공격을 통해 회복되지
> 않으면 안 되었다. (박민영.《즐거움의 가치 사전》. 158쪽.)

'이름'을 세 번 반복했습니다. '자신의, 가문의, 부족의 이름'
이라고 하지 않았습니다. 명예(名譽), 그러니까 '이름' 이야기
를 하고 있기 때문에 반복해야 했던 것입니다. 어떤 단어나 구

가 반복되었는데도, 읽을 때 답답한 느낌이 안 든다면, 글쓴이
가 꼭 반복해야 할 것을 반복했기 때문입니다. 그렇다면 우리
가 책을 읽을 때 이런 반복을 자주 보게 될까요? 그렇지는 않습
니다. 글쓴이가 인정받는 작가나 저술가라면, 그의 책에는 반
복이 자주 나오지 않습니다. 그러니 '반복'으로 재미 보는 글은
되도록 쓰지 말아야 합니다.

> 쉽게 낯을 붉히고 언쟁을 일삼는 사람들일수록 자신들이 그
> 누구와 맞서야 하는지 모른다. '적다운 적'은 일상 속에서는
> 좀처럼 모습을 드러내지 않기 때문이다. 또한 값싸게 악수
> 를 나누고 의리를 다짐하는 사람들일수록 자신들이 그 누구
> 와 한편이 되어야 하는지 모른다. 값진 동아리를 이루기 위
> 해서는 만만치 않은 '적'과 한마음으로 맞서는 힘겨운 과정
> 이 필요하기 때문이다.(공지혜.《만남의 기적》. 144쪽.)

"A하는 사람일수록 B하는지 모른다. C하기 때문이다." 이 형
식을 두 번 반복했습니다. 동일한 문법 구조의 문장을 반복한
것이죠. 반복은 이렇게도 합니다.

3. 문장 성분 간의 호응

> 벼에는 벼멸구, 이화명나방, 애벌레, 매미충 같은 벌레가 잘 꼬인다. 또 마름병, 도열병이 돌면 벼가 말라 죽는다. 피나 방동사니 같은 풀도 벼와 함께 잘 자란다. 사람들은 쌀을 많이 거두려고 농약을 많이 친다. (…) 요즘에는 논에 우렁이나 오리를 풀어놓는다. 그러면 잡풀을 갉아 먹고 벌레를 잡아 먹어서 벼가 병에 안 걸리고 잘 자란다.(김종현. 《곡식 채소 도감》. 117쪽.

벌레는 꼬이고, 마름병과 도열병은 돌고, 이 병에 걸린 벼는 어떻게 죽느냐면 말라 죽는다. "[벌레가] 모여들다 / [병에] 걸리면 / [벼가] 죽는다"보다는 "[벌레가] 꼬인다 / [병이] 돌면 / [벼가] 말라 죽는다"가 더 정확한 서술어인 것을 알겠습니다. 글쓰기에서 서술어를 선택할 때, 최적의 단어가 있는지는 몰라도 그것 비슷한 것까지 추적은 해 봐야겠습니다.

'돌다'를 국어사전(표준국어대사전)에서 한번 찾아보죠. 윗글에서 쓰인 '돌다'의 뜻은 <II.4.>입니다. '돌다'의 뜻 22개 중 하나죠. 하나의 단어를 안다는 것이 얼마나 어려운 일인지…….

돌다

동사

I.
1. 물체가 일정한 축을 중심으로 원을 그리면서 움직이다.
바퀴가 돌다. / 물레방아가 돌다. / 팽이가 잘도 돈다.
2. 일정한 범위 안에서 차례로 거쳐 가며 전전하다.
술잔이 한 바퀴 돌다. / 회사에서는 이미 연판장이 돌았다. /
3. 기능이나 체제가 제대로 작용하다.
기계가 잘 돈다. / 공장이 무리 없이 잘 돌고 있다.
4. 돈이나 물자 따위가 유통되다.
불경기로 돈이 안 돈다.
5. 기억이나 생각이 얼른 떠오르지 아니하다.
정답이 머릿속에서 뱅뱅 돌 뿐 입이 떨어지지 않는다.
6. 눈이나 머리 따위가 정신을 차릴 수 없도록 아찔하여지다.
눈이 핑핑 돌다. / 담배를 한 모금 빨자 머리가 핑 돌았다.
7. (속되게) 정신에 이상이 생기다.
정신이 돌다. / 머리가 돌았는지 헛소리만 한다. / 눈앞에서 부
모 형제가 쓰러지는데 돌지 않을 사람이 어디 있겠나.

II.
「…에,…에서」
1. 어떤 기운이나 빛이 겉으로 나타나다.
입가에 웃음이 돌다. / 좋은 일이 있는지 그의 얼굴에 생기가
돈다. / 그의 표정에서는 희색이 돌기 시작했다. /

불을 지폈더니 바닥에서 온기가 돌았다.

2. 눈물이나 침 따위가 생기다.

입 안에 군침이 돌다. / 그의 두 눈에는 감격의 눈물이 핑 돌았다. / 입에서 군침이 돌아서 혼났다. /

그녀의 큰 눈에서는 눈물이 조금씩 돌기 시작했다.

3. 술이나 약의 기운이 몸속에 퍼지다.

온몸에 술기운이 돌기 시작한다. / 몸속에서 약 기운이 도는지 조금 어지럽다.

4. 소문이나 돌림병 따위가 퍼지다.

그가 아직도 살아 있다는 소문이 온 동네에 돌았다. / 그 지역에서는 괴질이 돌기 시작했다.

III.

「…으로」

1. 방향을 바꾸다.

역으로 가려면 저기 사거리에서 오른쪽으로 돌아 계속 가시오.

2. 생각이나 노선을 바꾸다.

그는 좌파 사회주의에서 우익으로 돌았다.

3. 근무지나 직책 따위를 옮겨 다니다.

아버지는 지점으로만 도는 바람에 가족들과 떨어져 생활하는 기간이 길었다.

IV.

「…을」

1. 무엇의 주위를 원을 그리면서 움직이다.

달이 지구 주위를 돌다.

사람들은 탑 주위를 빙빙 돌면서 소원을 빌었다.

2. 어떤 장소의 가장자리를 따라 움직이다.

운동장을 한 바퀴 돌다. / 그는 주차 공간을 찾아 주차장을 여러 번 돌았지만 헛수고였다.

3. 가까운 길을 두고 멀리 비켜 가다.

이 길로 가면 먼 길을 돌게 되니 지름길로 가자.

4. 어떤 곳을 거쳐 지나가다.

우리는 그가 사는 곳을 돌아 목적지에 가기로 했다.

5. 길을 끼고 방향을 바꾸다.

모퉁이를 돌다. /

대밭 머리를 끼고 돌다가 금분이는 저만큼 앞쪽에서 벌통을 돌보고 있는 영달이를 발견하고 주춤 놀란다.(<김춘복, 쌈짓골>)

6. 일정한 범위 안을 이리저리 왔다 갔다 하다.

시장을 돌다. / 경비를 돌다. / 순찰을 돌다. / 아버지는 새벽 일찍 일어나서 동네 한 바퀴를 돌고 오셨다. /

해적들은 바닷가 마을을 돌면서 약탈을 자행하였다.

7. 볼일로 이곳저곳을 다니다.

그는 이곳저곳을 돌면서 물건을 팔았다. / 시골의 오일장을 돌면서 장사하는 사람들을 이제는 보기 어렵다.

8. 차례차례 다니다.

세배를 돌다.

조선시대의 한국 그림이 지니는 특색을 한마디로 설명하기는 어렵다. 그러나 가장 한국적인 특색을 지닌 작가의 예를 들자면 우선 사인士人 화가 중에서 창강滄江 조속趙涑(1595-1668)의 이름을 들지 않을 수가 없다. 그의 작품은 화면의 밀도가 모자라는 느낌이 있는 반면 <u>아취가 높고 색감이 매우 담소해서</u> 마치 조선시대 분청사기의 담담한 감각의 세계를 맛보는 느낌이 들 때가 있다.(최순우.《무량수전 배흘림 기둥에 기대서서》. 113쪽.)

아래 두 폭의 그림을 보십시오! 감탄사가 절로 나옵니다. 불경스럽게도, 글쓴이의 "아취(雅趣, 우아한 정취)가 높고, 색감이 담소하다(淡素하다, 엷고 소박하다)"는 표현이 부족한 듯해, 우리 시든 중국 시든 능력 닿는 한 많은 자료를 뒤지고 또 뒤졌지만, 아래 그림에 값하는 것으로는 글쓴이의 주어와 서술어가 최적이었습니다. 주어와 서술어는 익숙한 단어를 무심히 집어들지도 말고, 그렇다고 뜻도 잘 모르면서 잘난 체하려고 멀리서 가져오지도 말아야 하겠습니다.

〈조속趙涑. 매작도梅鵲圖〉

〈조속趙涑. 노수서작도老樹棲鵲圖〉

어느 해 겨울 눈이 강산처럼 쌓인 달 밝은 오대산 상원사에서 새소리 물소리도 그치고 바람도 일지 않는 한밤 내내, 나는 산소리도 바람소리도 아닌 고요의 소리에 귓전을 씻으면서 새벽 종소리를 기다렸는데, 마침내 웅장한 소리 같으면서도 맑고 고운 상원사 동종의 첫 울림이 오대산 깊은 골짜기와 숲속의 적막을 깨뜨리자 길고 긴 여운이 뒤를 이었다.(최순우.《무량수전 배흘림 기둥에 기대서서》. 310쪽.)

"여운이 뒤를 이었다" 외에 '주어-서술어' 짝이 열 번 정도 나오는 복잡한 문장입니다. 하지만 '주어-서술어' 호응에 문제 있는 짝은 하나도 없습니다. 우리가 이렇게까지 복잡한 문장을 굳이 쓸 필요야 없겠죠. 그래도 주어를 썼으면 그와 호응하는 서술어로 맺고, 서술어를 썼으면 그와 잘 호응하는 주어도 챙기는 일을 잊어서는 안 됩니다. 윗문장은 그렇게 잘 하고 있는지 지켜보시는 스승이라고 생각하면 좋겠습니다.

김지영 씨는 (…) 시어머니와 함께 추석 음식 재료들을 사러 시장에 다녀왔다. 저녁부터는 사골을 우리고, 갈비를 재고, 나물 재료를 손질해 데쳐 일부는 무치고 일부는 냉동실에 넣어 두고, 전과 튀김을 만들 채소와 해산물들을 씻어 정리해 두고, 저녁밥을 차리고 먹고 치웠다.(조남주.《82년생 김지영》. 15쪽.)

"사골을 우리고, 갈비를 재고, 나물 재료를 손질해 데쳐 일부는 무치고 일부는 냉동실에 넣어 두고," 이 대목을 보면, '목적

어-서술어' 호응이 제대로네요. 이렇게 쓰는 일이 쉬운 듯 보여
도 그렇지 않습니다. 당장 글쓴이도 "전과 튀김을 만들"에서 전
을 '만드는' 것이라고 했네요. 전은 '부치는' 것인데 말입니다.
전문가도 이렇게 가끔은 실수를 하게 됩니다.

　윤구병은《우리말 백 마디 멋대로 사전》에서 요즘 세태를 아
래와 같이 지적했습니다. 어휘력을 길러야 한다는 따끔한 충고
로 들어도 됩니다.

　"요즘에는 아무 데나 만든다는 말을 쓴다. 사람 만든다(기른
다), 돈 만든다(번다), 술 만든다(빚는다), 밥 만든다(짓는다),
옷 만든다(짓는다), 반찬 만든다(마련한다), 김치 만든다(버므
린다), 그물 만든다(뜬다), 연장 만든다(벼린다), 그릇 만든다
(빚는다), 꿀 만든다(뜬다)…… 모두가 만든 것(제품)이 된다. 정
부도 만들고(세우고), 대통령도 만든다(뽑는다), 만들지 못할
것이 없다."(윤구병.《우리말 백 마디 멋대로 사전》. 100쪽.)

4. 나열의 문제

중·고등학교의 수행평가 글쓰기부터 대입 논술, 기업 입사시험의 인문학 논술, 대학생 리포트, 신문 기사와 사설, 칼럼, 블로그 글, 가전제품 설명서, 문화재 안내문, 공공기관의 보도자료, 사회 비평과 학술 논문, 대법원과 헌법재판소의 판결문까지, 논리적인 글은 구조와 특성이 모두 같다.(유시민. 《유시민의 글쓰기 특강》. 11쪽.)

　주어인 '논리적인 글은'의 범주에 들어오는 14가지를 나열했습니다. 범주가 '논리적인 글' 아닌 것이 단 하나도 없네요.
　'수행평가 글쓰기'를 '수행평가'라고만 했어도 안 되었습니다. '수행평가'는 "교육 학생의 학습 과제 수행 과정 및 결과를 직접 관찰하여 그 관찰 결과를 전문적으로 판단하는 일"이지 '글'은 아니거든요.
　'기업 입사시험의 인문학 논술'을 '기업 입사시험'이라고만 했어도 안 되었습니다. '기업 입사시험'은 "회사 따위에 취직하여 들어가기 위해 치는 시험"이지 '글'은 아니거든요.
　'블로그 글'을 '블로그'라고만 했어도 안 되었습니다. '블로그'

는 "자신의 관심사에 따라 자유롭게 칼럼, 일기, 취재 기사 따위를 올리는 웹 사이트"이지 '글'은 아니거든요.

14가지를 나열하면서 단 하나라도 실수했다면, 이 문장은 주어에 논리적 문제가 있는 비문이 되었을 겁니다.

> 부유함이 지닌 유일한 장점이, 요트나 스포츠카를 사고 환상적인 휴가를 즐길 수 있는 능력을 갖추는 것이라면 수입과 부의 불평등은 그다지 중요한 문제가 아닐 것이다. <u>하지만 정치적 영향력, 좋은 의학치료, 범죄의 온상이 아닌 안전한 이웃에 자리한 주택, 학력 저하를 보이는 학교가 아닌 엘리트 학교 입학 등을 포함해서 돈으로 살 수 있는 대상이 점차 많아지면서 수입과 부의 분배가 점점 커다란 문제로 떠오르고 있다.</u> 좋은 것이라면 무엇이든 사고파는 세상에서는 돈이 모든 차별의 근원이 되기 때문이다.(마이클 샌델. 안기순 역.《돈으로 살 수 없는 것들》. 26쪽.)

'영향력, 의학치료, 주택, 입학'은 모두 돈으로 살 수 있는 대상입니다. 하나라도 그런 대상이 아닌 것이 있다면 이 문장은 비문이 됐을 겁니다. 예를 들어 "학력 저하를 보이는 학교가 아닌 엘리트 학교 입학"이 아니라 '입학'을 뺀 "학력 저하를 보이는 학교가 아닌 엘리트 학교"라고만 썼어도 나열에 문제가 있어 비문이 됩니다. 돈으로 살 수 있는 것은 '엘리트 학교'가 아니라 '엘리트 학교 입학'이기 때문이다. '입학'을 산다는 것은 '학교 재단'을 사는 것이 아니고, 학교에 입학할 수 있는 제반 조건을 돈으로 갖춘다는 뜻입니다.

> 내 비위를 맞춰준다 셈 치고 잠깐만 창밖을 보자. 무엇이 보이는지? 아마도 사람들이 만들어 놓은 것들이 보일 것이다. 거기에는 다른 사람들, 자동차, 건물, 인도 등이 있을 수 있겠다. 단 몇 년 동안의 고안, 설계, 채굴, 벼림, 굴착, 용접, 벽돌쌓기, 창문내기, 메꾸기, 배관, 배선, 페인트칠을 거치면 사람들은 100층짜리 고층건물을 지어 300미터짜리 그림자를 드리울 수 있다.(호프 자런. 김희정 역.《랩걸》. 9쪽.)

건축과정 12가지를 나열했습니다. 모두 명사이지만 동작성을 갖고 있습니다. 그래서 '거치면'의 목적어가 될 수 있습니다. 끼리끼리 잘도 모아 놓았습니다. 더 나열할 필요는 없는 것 같아요. 하지만 덜 했으면 좀 서운했을 것 같습니다.

5. 능동과 피동 표현

루벤스의 <십자가 강하>는 세 면으로 이루어진 세폭화 중 중앙그림으로 십자가에서 숨을 거둔 예수를 막 지상으로 내리는 장면이 담겨 있다. 어디선가 들이치는 조명이 예수의 몸 전체를 비추고 있어 강렬한 느낌을 준다. 예수는 흰색 천에 감싸여 내려지고 있는데, 그를 온몸으로 받치고 있는 붉은 옷의 남자가 사도 요한이다. 발치에는 마리아 막달레나가 보인다. 붉은 옷을 입은 요한과 대칭을 이루는 곳에 푸른 옷의 성모 마리아가 보인다. 예수의 몸이 사선으로 화면을 가르는 구도로 등장인물 모두의 움직임이 크게 느껴져 역동적이다.(김영숙.《1페이지 미술 365》. 234쪽)

루벤스, <십자가 강하>

짧은 글인데도 피동 표현이 일곱 번이나 있습니다. 글쓴이가 글을 생동감 있게 쓰려고 그랬을 겁니다. 피동 표현을 모두 능동으로 바꾸면 다음과 같이 됩니다. 편안히 읽히지만, 생동감은 떨어집니다.

"벨기에 안트베르펜의 성모 성당에는 매우 유명한 세 폭의 제단화가 있다. 그중 중앙그림이 바로 루벤스의 <십자가 강하>이다. 루벤스는 이 그림에, 사람들이 십자가에서 숨진 예수를 지상으로 내리는 장면을 담았다. 어디선가 들이치는 조명이 예수의 몸 전체를 비추고 있어 강렬한 느낌을 준다. 사람들은 흰색 천으로 예수를 감싸 십자가에서 내리고 있다. 붉은 옷을 입고 예수를 온몸으로 받치고 있는 이는 사도 요한이다. 성모 마리아는 그림 왼편에서 예수에게로 손을 뻗고 있다. 그녀의 푸른 옷이 요한의 붉은 옷과 대칭을 이루고 있다. 예수의 몸이 사선으로 화면을 가르는 구도는 등장인물 모두의 움직임을 역동적으로 만들고 있다."

한편 같은 책에서 글쓴이는 이런 글도 썼습니다. 이번에는 피동 표현이 하나도 없습니다.

"네덜란드의 레이든 대학에서는 1555년부터 해마다 겨울이면 입장료를 낸 관객들 앞에서 시신을 해부하는 장면을 시연했다. 그리고 행사 사진을 찍듯, 화가에게 단체 초상화를 의뢰하는 것이 관례였다. 튈프 박사 주도의 '해부 쇼'는 렘브란트가 그리기로 했다. 렘브란트의 그림은 까만 교복 위에 하얀 얼굴들을 동동 띄운 듯한, 뻔한 졸업 사진의 엄숙함에서 벗어나 있다. 화면 밖을 적당히 의식하는 사람과 해부에 몰두하는 사람, 설명에 몰두하는 사람들을 자연스레 뒤섞어놓아, 스냅사진 같은 자유로움을 느낄 수 있다. <튈프 박사의 해부학 교실> 이후 렘브란트는 신인 화가의 탈을 벗고, 인기 절정의 스타급 화가로 도약할 수 있었다."(김영숙.《1페이지 미술 365》. 164쪽.)

그림을 세부적으로 묘사하기보다는 그림과 관련한 이야기를 하고 있기 때문에 피동 표현이 보이지 않는 겁니다. 레이든 대학에서 매년 단체 초상화를 화가에게 의뢰하던 전통이나, 이 그림을 그린 후 화가 렘브란트의 입지가 높아지게 되었다는 사실을 이야기할 때는 피동 표현이 적당하지 않았던 거죠.

렘브란트, <튈프 박사의 해부학 교실>

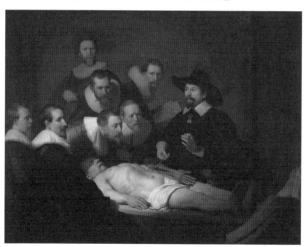

6. 앞 문장의 한 성분을 뒷문장에 쓰는 기교적 표현

> 그녀는 아직 모르지만, 그 추억들이 하나둘씩 쌓여 가면서 그녀는 되찾게 되리라. 자신이 잃어버린 시간을. 그 잃어버린 시간 속에서 스쳐 지나간 소중한 사랑을.(공지혜.《만남의 기적》. 60-61쪽.)

마지막 두 문장은 바로 전 문장의 목적어입니다. 둘 다 하나의 완결된 문장이 아닙니다. 독자가 이해하는 데는 아무 문제가 없습니다. 목적어를 강조하기 위해서 글쓴이는 이렇게 썼구나, 하고 생각하기 때문입니다.

두 개의 목적어를 앞 문장의 제자리에 도로 집어넣는다면, 이렇게 됩니다. "그녀는 아직 모르지만, 그 추억들이 하나둘씩 쌓여 가면서 그녀는 자신이 잃어버린 시간을, 그 잃어버린 시간 속에서 스쳐 지나간 소중한 사랑을 되찾게 되리라." 목적어가 너무 길어 읽기가 벅찹니다.

> 집을 떠나 글을 써보기는 처음이다. 누구에게나 글쓰는 스타일이 있다면 내 스타일은 바깥에 있다가도 글을 쓰기 위해 집으로 들어가는 스타일이다. (…) 그런데 이번엔 내 스타일을 버린다. 집을 버린다. <u>집을 버리고 와서 집을 생각한다.</u> 새마을운동이 슬레이트 지붕으로 바꿔놓기 전 초가지붕에서의 어린 시절을, 그 초가에서의 우리 가족을, 그 집 지붕 위로 뚜렷하게 순환하던 봄과 여름 가을 겨울을.(신경숙. 《외딴방》. 17-18쪽.)

"집을 버리고 와서 집을 생각한다"의 서술어 '생각한다'의 목적어는 '집'입니다. 그다음 문장에 이 '집'과 관련된 다양한 목적어들(어린 시절을/우리 가족을/봄과 여름 가을 겨울을)이 나열됩니다. 이 목적어들을 앞의 문장에 집어넣을 수는 없습니다. 목적어가 지나치게 길어서, 혹은 목적어를 강조하기 위해서 이렇게 표현한 것이 아닙니다. 글쓴이는 애초에 이렇게 쓴 것이죠.

> 산밭에 나가 있는 엄마를 찾아 동생을 데리고 산밭으로 향한다. 비가 내린 뒤의 산은 나무 냄새가 진동한다. 개암나무, 소나무, 떡갈나무, 밤나무들. 황토가 신발 밑창에 달라붙는다. <u>이 산 밑에서 성장했다. 그리고 저 들 앞에서.</u> 여름의 폭우와 겨울의 장설 속에서 나를 키웠다.(신경숙. 《외딴방》. 56쪽.)

"이 산 밑에서 성장했다. 그리고 저 들 앞에서 성장했다"와 "이 산 밑에서 성장했다. 그리고 저 들 앞에서"는 문장이 독자에게 주는 감동이라는 면에서 보면 하늘과 땅 차이입니다.

원자폭탄으로 그 많은 사람을 찢어 죽이고자 한 마음과 그 마음을 실행으로 옮긴 힘은 모두 인간에게서 나왔다. 나는 그들과 같은 인간이다. 별의 먼지로 만들어진 인간이 빚어 내는 고통에 대해, 별의 먼지가 어떻게 배열되었기에 인간 존재가 되었는지에 대해 가만히 생각했다. <u>언젠가 별이었을, 그리고 언젠가는 초신성의 파편이었을 나의 몸을 만져보면 서.</u>(최은영.《밝은 밤》. 130쪽.)

　앞 문장의 서술어 '생각했다'를 수식하는 부사절을 다음 문장으로 뺐습니다. 이 역시 부사절이 너무 길어서도 아니고, 부사절을 강조하기 위해서도 아닙니다. 이제 앞 문장의 문장 성분 하나를 다음 문장으로 빼는 일은 하나의 기교가 된 것입니다. "언젠가 별이었을, 그리고 언젠가는 초신성의 파편이었을 나의 몸을 만져보면서." 글쓴이의 상상력이 놀랍습니다. 이쯤 되는 부사절은 이렇게 따로 모실 만한 거죠.

7. 현재와 과거를 번갈아 쓰기

문밖에는 48년의 세월을 그와 함께 살아온 아내 소피아 안드레예브나가 겸허하게 회한의 눈물을 흘리며, 멀리서나마 한 번이라도 더 톨스토이의 모습을 보기 위해 안을 살피고 있었다. 그러나 그는 이제 아내를 알아보지 못했다. 누구보다도 명철한 인간인 톨스토이에게 살아있는 모든 사물이 점점 더 낯설어졌고, 혈관을 흐르는 피는 갈수록 어두운 색으로 응고되어 갔다. 11월 4일 밤에 그는 다시 한 번 기운을 차리고 일어나 신음소리를 내뱉으며 말한다. "그런데 농부들, 농부들은 어떻게 죽는가?" 끈질긴 삶이 끈질긴 죽음에 여전히 저항한다. 11월 7일이 되어서야 이 불멸의 남자에게 죽음이 찾아온다. 그는 백발의 머리를 베개에 떨어뜨린다. 어느 누구보다도 통찰력 있게 세계를 보았던 두 눈은 빛을 잃고 희미해진다. 조급한 구도자였던 그는 이제야 비로소 삶의 모든 의미를 깨닫는다.(슈테판 츠바이크. 나누리 역.《카사노바 스탕달 톨스토이》. 329쪽.)

〰〰 : 과거 / ____ : 현재

글쓴이는 왜 윗글 중간쯤부터 시제를 현재형으로 바꿨을까요? 독자가 톨스토이의 마지막을 자기의 눈앞에서 생생하게 벌어지고 있는 일처럼 느끼기를 바라서입니다.

단언하건대 카사노바는 불멸성이라는 명예와 영광을 아무런 대가도 치르지 않고 얻어냈다. 이 도박꾼은 진짜 예술가들이 느끼는, 말할 수 없이 무거운 책임감이 무엇인지 알지도 못했다. (…) 단 한 조각의 기쁨이나 향락도, 단 한 시간의 수면이나 쾌락의 시간도 엄격한 시(詩)의 여신을 위해 희생한 적이 없다. (…) 그는 주머니에 금화 한 닢이라도 남아있고, 사랑의 램프에 기름 한 방울이라도 남아있는 동안에는 잉크로 손가락을 더럽힐 생각은 털끝만큼도 하지 않았다.

가는 곳마다 문전박대를 당하고, 여인들의 웃음거리가 되고, 무일푼으로 무기력해지고, 고독하고 볼품없고 퉁명스런 늙은이가 됐을 때에야 그는 체험을 대신하는 소일거리로 글을 쓰는 일에 손을 댔다. 단지 심심하고 지루해서였다. 이빨빠진 늙은 개가 성을 내며 으르렁거리듯 소리를 지르며 죽음을 향해 가는 일흔 살의 카사노바는 스스로에게 자신의 인생을 이야기하기 시작했다. (…)

그는 자신의 인생을 이야기했다. 이것이 그의 문학적 업적의 전부다. (…) 의심스러운 그의 명성에 숨겨진 비밀의 열쇠는 바로 여기에 있다. 그가 천재 카사노바로서의 자기 인생을 묘사하고 보고하는 것이 아니라 자신이 살아온 인생을 그대로 보여주기 때문이다. 다른 사람이라면 꾸며내고 생각해내야 했을 것을 그는 정염에 불타는 자신의 육체로 몸소 살아냈다. 때문에 그는 현실을 붓과 상상력으로 그럴듯하게 치장할 필요가 없었다. (…)

예컨대 괴테나 루소를 비롯한 동시대인들의 전기와 카사노바의 전기를, 정신의 중요성과 깊이가 아니라 순전히 사건의 내용면에서만 비교해보라. 목표가 뚜렷하고 창조의 의지가 지배했던 그들의 인생은 얼마나 단조롭고, 활동공간이 협소하며, 사교의 범위가 한정돼 있는가. 그에 비해 카사노바는 속옷을 갈아입듯 거주하는 나라와 도시, 신분과 직업, 그리고 자기의 세계와 여자를 끊임없이 바꾸는 본질적인 모험가였다. 예술가로서 카사노바가 딜레탕트였듯이 향락적인 면에서는 그들이 딜레탕트였다. 이것은 정신적 인간의 영원한 비극이다. 정신적 인간은 인간 실존의 쾌락과 폭을 알아야 한다는 소명과 열망을 지니고 있지만 언제나 자기 일과 작업실에 매인 채 스스로 떠맡은 책임감 때문에 질서와 현실에 예속된다. 이처럼 진정한 예술가는 창조의 작업과 씨름하며 일생의 절반 이상을 고독하게 살아간다. 비창조적인 사람만이 현실에 파묻혀 자유롭고 호사스럽게 삶 자체를 위해 사는 순수한 향락가가 될 수 있다. 목표를 설정한 자는 우연에 부닥쳐도 그것을 그냥 스쳐 지나간다. 그리고 거의 모든 예술가는 언제나 자기가 체험하지 못한 것만을 형상화한다.(슈테판 츠바이크. 나누리 역.《카사노바 스탕달 톨스토이》. 26-28쪽.)

〰〰 : 과거 / ──── : 현재

윗글에서 현재형으로 끝나는 문장은 글쓴이의 논평입니다. 과거 사실에 대해 기술하는, 그래서 과거형이 될 수밖에 없는 문장만 계속해서 나오는 글은 얼마나 지루할까요?

8. 인용하는 방식

「파스칼이 말했듯이 "책을 쓸 때 가장 마지막에 결정해야 하는 것은 처음에 무엇을 쓸 것인가이다." 그래서 여러분이 읽게 될 기묘한 이야기들을 모으고 정리하고 체계를 잡고 책 첫머리에 쓸 인용문 두 개를 정하고 나서 나는 내가 무엇을, 왜 했는지에 대해 차분히 생각해 봐야만 했다.」(올리버 색스. 조석현 역. 《아내를 모자로 착각한 남자》. 9쪽.)

올리버 색스의 《아내를 모자로 착각한 남자》 '들어가는 글'에는 정말로 인용문이 두 개 있습니다. 책을 쓸 때 가장 마지막에 결정하는 것이 처음에 무엇을 쓸 것인가이고, 그에 해당하는 글을 쓰기 위해 올리버 색스는 인용문을 정해 두었습니다. 그에게 인용은 그만큼이나 중요한 작업이었나 봅니다.

인용을 능숙하게 하기 위해서는 올리버 색스처럼 인용할 만한 문장을 이미 확보해 놓고 있어야 합니다. 그것도 다양한 분야의 책에서 직접 고른 문장이어야 합니다. 상당한 독서가가 아니라면, 더 적절한 인용문을 몰라 덜 적절한 인용문을 고르고는 자신의 인용 능력을 자찬하는 어리석음을 피하기 힘듭니다. 한편 적절한 문장을 확보해 놓았다 해도 끝난 것이 아닙니다. 인용문이 자기 글 속에 자연스럽게 녹아 들어가게 하는 기술이 필요합니다. 글쓰기 초심자에겐 버거운 기술입니다.

우선은 인용하는 방식을 잘 익혀 둘 필요가 있습니다. 박총의 《읽기의 말들》에는 인용하는 방식이 거의 총망라돼 있습니다. 하나씩 살펴보겠습니다.

> <u>보르헤스는 "새들이 없는 세상을 상상할 수 없는 사람이 있다. 나는 책 없는 세상을 상상할 수 없다"고 했다.</u> 나도 마찬가지다. 태초에 책이 있었으니 모든 것은 책에서 시작되었다. 나의 창세기를 쓴다면 그렇게 시작할 것이다.(59쪽.)

가장 평범한 직접 인용법입니다.

> <u>옛말에 "일만 권의 책을 가지고 있다면 일백 개의 성을 가진 것보다 낫다"고 했다.</u> 고대 사회에서 성 하나를 함락하기가 얼마나 대단한 일인지 생각하면 이 말의 무게감이 새삼스럽다.(24쪽.)

옛말, 속담, 격언 등을 인용하는 전형적인 방법입니다.

> "어머니들도 책을 읽을 때마다 감상문을 발표해야 한다면 얼마나 귀찮겠습니까? 어린이도 마찬가지입니다. 그림책을 읽어 주고 나면 어린이를 그대로 내버려 두십시오." <u>마쓰이 다다시의 말이 딱 내 말이다.</u>(29쪽.)

누가 "이렇다"고 말했다는 식의 고리타분한 인용 방식에서 벗어날 수 있어야 하겠습니다.

> 책은 야금야금 공간을 잠식해 창을 빼면 방 사면을 다 책으로 둘렀다. 《장서의 괴로움》을 쓴 오카자키 다케시의 말마따나 "책장은 벽 먹는 벌레"가 됐다.(25쪽.)

인용문이, 그 인용문이 속한 문장에 자연스럽게 녹아들어야 합니다. "책장은 벽 먹는 벌레"라고 하는 불완전한 인용문을 큰따옴표로 묶고 보격조사인 '가'를 취했네요. 주어와 보어가 확보되었습니다. 서술어만 남았습니다. '됐다'로 마무리했네요. 이로써 "A는 B가 됐다"라고 하는 자연스럽고 완전한 문장이 됐습니다. 큰따옴표만 지우면, 어디부터 어디까지가 '인용문'인지 모를 겁니다.

> 홍길주는 일찌감치 독서의 범위를 만휘군상으로 확장했다. "독서는 책 속에만 있는 것이 아니다. 삼라만상의 온갖 볼거리와 일상의 자질구레한 이런저런 일들이 모두 독서이다."(252쪽)

인용하기 전에 인용문의 내용을 요약 혹은 정리해 주기도 합니다.

> 독서가의 세계에선 '다시 읽기'만큼 찬미의 대상이 되는 것
> 도 없다. 존 러스킨은 "책은 한 번 읽으면 그 구실을 다하는
> 것이 아니다. 재독하고 애독하며, 다시 손에서 떼어 놓을 수
> 없는 애착을 느끼는 데서 그지없는 가치를 발견할 것이다"
> 라고 한다. 보르헤스는 "새 책을 적게 읽고, 읽은 책을 다시
> 읽는 건 많이 하라"고 거든다.(101쪽.)

　두 개 이상의 인용문을 재미있게 연결 지었네요. 글쓴이의 재
치가 돋보입니다.

> 옳다, 책읽기의 최고봉은 책쓰기다. 발터 벤야민도 책을 찾
> 고 소장하는 것의 극치는 결국 스스로 책을 한 권 쓰는 것이
> 라고 말했으니까.(87쪽.)

　가장 평범한 간접 인용입니다. 일반적으로 인용문을 정확하
게 쓸 수 없거나 정확히까지 쓸 필요가 없을 때 간접 인용 방식
을 선택합니다.

9. 사람에 대한 소개

　한 단락의 글로 어떤 사람을 소개한다고 해 보죠. 그 사람의 기질·욕망·외모, 그 사람이 한 말·행동, 이런 것들을 충분히 담을 수 없습니다. 그럼 어떻게 할까요? 극단적으로 서로 다른 두 가지가 있습니다. 하나는 그런 것들은 버리고 그 사람의 삶을 이루고 있는 객관적 조건만을 쓰는 것입니다. 다른 하나는 그런 것들을 종합·정리해서 그 사람을 주관적으로 평가하는 것입니다. 두 가지 모두 한 단락의 짧은 글 속에 많은 정보를 욱여넣을 수밖에 없는 방법입니다. 당연히 비문이 많이 나옵니다. 극단적으로 서로 다른 두 가지의 모범적인 예를 보죠.

> 김지영 씨는 우리 나이로 서른네 살이다. 3년 전 결혼해 지난해에 딸을 낳았다. 세 살 많은 남편 정대현 씨, 딸 정지원 양과 서울 변두리의 한 대단지 아파트 24평형에 전세로 거주한다. 정대현 씨는 IT계열의 중견 기업에 다니고, 김지영 씨는 작은 홍보대행사에 다니다 출산과 동시에 퇴사했다. 정대현 씨는 밤 12시가 다 되어 퇴근하고, 주말에도 하루 정도는 출근한다. 시댁은 부산이고, 친정 부모님은 식당을 운영하시기 때문에 김지영 씨가 딸의 육아를 전담한다. 정지원 양은 돌이 막 지난 여름부터 단지 내 1층 가정형 어린이집에 오전 시간 동안 다닌다.(조남주.《82년생 김지영》. 9쪽.)

글쓴이는 작품의 첫 번째 단락에서 주인공을 소개하고 있습니다. 객관적인 단어들을 서술어로 삼았네요. 의도적으로 그런 단어들만 선택한 겁니다. "서른네 살이다 / [딸을] 낳았다 / 거주한다 / 퇴사했다 / 퇴근한다 / 출근한다"처럼 말이에요. 작가는 "적지 않은 나이다 / 보수적인 편이어서 아들을 바랐지만 / 악착같이 돈을 모아서 산 아파트다 / 우울증세를 보여 / 거의 매일 그러다 보니 김지영 씨와 심리적으로 멀어졌다" 같은 말은 전혀 하지 않습니다. 독자는 편견 없이 주인공을 이해할 수 있습니다. 작가는 할 말만 했어요. 군더더기라고는 찾아볼 수 없습니다.

그의 이름은 유재필(俞哉弼)이다. 1941년 홍성군 광천에서 태어나 보령군 대천에 와서 자라고 배웠다. 그리고 그 나머지는 서울에서 살았다. 그는 어려서부터 타고난 총기와 숫기로 또래에서 별쫑맞고 무리에서 두드러진 바가 있어, 비색한 기운과 불우한 환경 속에서도 여러모로 일찍 터득하고 앞서 나아감에 따라 소년 시절은 장히 숙성하고, 청년 시절은 자못 노련하고, 장년에 들어서서는 속절없이 노성하였으니, 무릇 이것이 그가 보통 사람 가운데서도 항상 깨어 있는 삶을 살게 된 바탕이었다.(이문구.《유자소전》. 8-10쪽)

- 별쫑맞다 : 말이나 하는 짓이 아주 별스럽다.
- 비색(否塞)하다 : 운수가 꽉 막히다.
- 노성(老成)하다 : 많은 경험을 쌓아 세상일에 익숙하다.

글쓴이는 작품 시작부터 주인공을 소개하고 있습니다. "보통 사람 가운데서도 항상 깨어 있는" 사람으로서의 면모를 적고 있습니다. 서술어가 되는 동사와 형용사들의 의미가 주관적이어서 독자들은 저마다 유재필에 대한 편견을 갖고 이 작품을 읽을 겁니다. "숙성하고, 노련하고, 노성한" 사람은 어떤 사람인가요? "항상 깨어 있는" 사람은 어떤 사람인가요?

10. 명품 부사어 사용

> 간혹 비행기를 타고 조국의 강토를 하늘에서 굽어보면 그림같이 신기한 밭이랑 논 이랑의 무늬 진 아름다움과 순한 버섯처럼 산기슭에 오종종 모여서 돋아난 의좋은 초가지붕의 정다움이 가슴을 뭉클하게 해 줄 때가 있다. 그리 험하지도 연약하지도 않은 산과 들이 그다지 메마르지도 기름지지도 못한 들을 가슴에 안고, 그리 슬플 것도 복될 것도 없는 덤덤한 살림살이를 이어가는 하늘이 맑은 고장. 우리 한국 사람들은 이 강산에서 먼 조상 때부터 내내 조국의 흙이 되어가면서 순박하게 살아왔다.(최순우. 《무량수전 배흘림기둥에 기대서서》. 18쪽)

어떤 글쓰기 선생님은 부사어(부사, 부사구, 부사절)를 되도록 쓰지 말라고 가르칩니다. 긴 문장 말고 간결한 문장을 쓰라고도 가르칩니다. 하지만 이 가르침은 "꼭 필요한 부사어는 정성껏 다듬어 써야 한다. 그런 부사어로 다소 길어진 문장이라면 문제없다"로 바꿔 들어야 맞습니다. 우리는 가끔씩 부사어를 정성 들여 쓰도록 하죠. 그로 인해 다소 길어진 문장은 길어진 만큼 멋질 겁니다.

> 찰리 채플린은 유복한 환경에서 성장하지 못했다. 모든 것이 부족하기 짝이 없었다. 장차 '떠돌이' 차림을 하고 세상에서 가장 유명한, 가장 사랑받는 인물이 될 이 아이는 19세기 말의 런던, 찰스 디킨스의 소설들이 연상되는 빈곤과 궁핍 속에서 자라났다. 그가 《올리버 트위스트》를 항상 침대 머리맡에 두었다는 사실은 이런 현실과 결코 무관하지 않을 것이다.(데이비드 로빈슨. 지현 역.《찰리 채플린》. 133쪽.)

밑줄 친 부사어는 서술어인 '자라났다'를 수식하고 있습니다. 이 부사어가 있었기에 마지막 문장, "그가 《올리버 트위스트》를 항상 침대 머리맡에 두었다는 사실은 이런 현실과 결코 무관하지 않을 것이다"도 쓸 수 있었던 겁니다. 아름답고, 품위 있고, 재미도 있는 부사어는 그 정도로 중요합니다.

11. '~한 것이다/~인 것이다' 표현.

> 글쓰기가 답보 상태라고 느끼는 건 '내 글을 내가 읽어도 지루하다'라는 아주 정직하고 불안한 느낌 같아요. 세상이, 사람이, 현상이, 사물이 새롭게 보이지 않는 상태인 거죠.(은유.《은유의 글쓰기 상담소》. 37쪽.)

밑줄 친 문장은 앞 문장(A)을 '다르게-쓰기(rewrite)'한 문장(A')입니다. A를 A'로 '다르게-쓰기'하는 이유는 A보다는 A'가 앞으로 쓸 글과 잘 어울리기 때문입니다. 글쓴이는 윗글 이후에 '새롭게 본다는' 것에 대해 씁니다.

> * 자연과 현실에 대한 예측 능력이 떨어질 때 인간은 신과 같은 존재를 만들어냅니다. 즉 신에 대한 숭배와 의존을 통해, 인간에게는 불합리하고 부조리하게 여겨지는 자연현상을 이겨내고자 한 것이지요.(김대식.《인간을 읽어내는 과학》. 136쪽.)

밑줄 친 문장은 앞 문장(A)을 '다르게-쓰기'한 문장(A')입니다. 글쓴이는 윗글 이후에 토테미즘의 출현에 대한 글을 씁니다. 토테니즘은 과거 인류가 불합리하고 부조리한 자연 현상을 이해하고 수용하는 하나의 방법이었다는 내용의 글입니다. 따라서 A보다는 A'와 연결되는 것이 자연스럽습니다.

러시아 생리학자 파블로프의 유명한 개 실험을 기억해보지요. (…) 이 실험에서 개는 종을 치면 아무 반응이 없다가도 음식만 보면 침을 흘립니다. 몸이 만들어내는 본능적인 반응이지요. 그런데 음식과 종을 같이 자주 연결시키면 어떻게 될까요? 개는 처음에는 음식을 보고 침을 흘리지만 나중에는 종만 쳐도 침을 흘립니다. <u>반복된 경험을 통해 '종'과 '음식' 사이에 상호 관계 또는 인과 관계가 형성된 것입니다.</u>(김대식.《인간을 읽어내는 과학》. 124-126쪽.)

밑줄 친 문장은 앞에서의 언급들을 종합·정리해 줍니다. '서술어의 표현 형식'이 '~한 것이다'이면, 독자는 이렇게 이해합니다. '아, 글쓴이가 이 말을 하려고 이제껏 그랬구나.'

인쇄기의 발명으로 필사 시대는 종말을 고했다. (…) 싼값에 대량생산된 책들이 공급되자 독서인구는 급증했다. 책은 더 이상 학자와 교회만의 소장품이 아니었고, 세계는 급변하기 시작했다. 그 최초의 결과는 종교개혁으로 터져 나왔다. 라틴어로 쓰여 있던 성서가 번역 출간되자, 성직자의 입을 통해서 기독교의 정신을 이해했던 민중들이 이제 스스로의 머리로 무엇이 참된 기독교의 정신인지를 판단하게 되었다. 교회가 마르틴 루터를 박해하려 했을 때는 이미 성서를 직접 읽은 수많은 사람들이 그의 지지자가 되어 있었다. <u>종교개혁의 일등공신은 바로 인쇄기였던 것이다.</u>(박민영.《즐거움의 가치사전》. 321쪽.)

이제껏 늘어놓았던 문장들을 한데 묶어 정리할 때, '서술어의 표현 형식'이 '~인 것이다'인 문장을 씁니다. 표현 형식 때문에 독자도 그걸 알 수 있습니다. 윗글의 밑줄 친 문장의 뜻은 이쯤 되겠네요. "종교개혁은 인쇄기가 대량생산한 책들이 각 가정에 보급되면서 독서인구가 급증했기에 가능했다."

12. 어원 설명

"어원을 공부하는 일은 단지 어떤 말이 생겨서 이루어진 역사적인 근원만 살피는 것이 아니고, 연관된 문화 지식과 역사를 알게 되는 흥미로운 여정이다. 낱말이나 관용어의 어원을 파악하면 글을 쓰거나 대화를 나눌 때 상황에 적확한 말을 골라 쓸 수 있다. 누군가의 성장 과정이나 속마음을 알면 그 사람을 한층 더 이해할 수 있게 되는 것과 같은 이치다."(박영수. 《어원의 발견》. 5쪽.)

글을 쓰는 사람에게 '어원 공부'는 '지식 공부'입니다. '어원'에 대해 신비롭게 생각할 필요가 없습니다. 어원과 관련된 책을 읽는 이유는 글을 쓰는 데 꼭 필요한 '교양'을 쌓기 위해서입니다. 그런데 어떤 단어의 '어원'을 설명할 때 비문을 쓰는 경우가 많습니다. 어원 설명이 의외로 까다롭거든요. 모범적인 예를 세 가지 보여드릴까 합니다.

'복음gospel'은 헬라어 '유앙겔리온euangelion'에서 유래한
말로 '좋은 소식'을 뜻한다. 원래 이 말은 그레코-로만 세계
에서 로마 황제에 관한 공적인 소식을 알리는 단어로 사용
되었다. (…) '유앙겔리온'이라는 단어를, 예수의 생애를 기
록한 문서라는 의미로 처음 사용한 사람은 마가였다. 그에
의해 비로소 예수의 행동과 가르침을 이야기 형태로 기록한
문서를 '복음서'라고 부르게 된 것이다.(정승우.《인류의 영
원한 고전 신약성서》. 66-67쪽.)

첫 번째 문장에서 「'복음gospel'이라는 말은」보다는 「'복음
gospel'은」이라고 쓰는 것이 좋습니다. '유래한'도 '유래된'이라
고 쓰지 마십시오. 그다음 이 말이 처음에는 언제 어떻게 사용
되었는지 설명합니다. 마지막으로 지금의 뜻으로 이 말을 사용
하게 된 경위를 설명합니다.

깍쟁이. 조선 태조 이성계는 한양을 서울로 정한 뒤에 1394
년 11월 21에 천도했다. 그런데 이때 한양에 살던 사람들 중
에서 범죄자를 다스리면서 얼굴에 먹으로 죄명을 새긴 다음
에 석방하였다고 한다. 이들을 깍정이라고 불렀다. 이들은
청계천과 마포 등지의 조산(造山)에서 기거하며 구걸을 하
거나, 장사 지낼 때 무덤 속의 악귀를 쫓는 방상시(方相氏)
노릇을 해서 상주에게 돈을 뜯어내던 무뢰배가 되었다. 점
차 그 뜻이 축소되어 이기적이고 얄밉게 행동하는 사람을
일컫는 말로 쓰이게 되었다.(이재운 외.《알아두면 잘난 척
하기 딱 좋은 우리말 어원 사전》.171쪽.)

옛적 이야기를 들려줍니다. 그 이야기 중에 '깍쟁이'라는 단어가 나와야 합니다. 그 이야기 속에서 '깍쟁이'라는 단어가 어떤 뜻으로 쓰였는지 설명합니다. 마지막으로 '깍쟁이'라는 뜻이 어떻게 변해서 지금의 뜻을 갖게 되었는지, 그 경위를 설명합니다.

> **영어로 1월을 가리키는 '재뉴어리January'는 '야누스의 달'을 뜻하는 라틴어 야누아리우스Januarius에서 나왔다.** 야누스는 로마 신화에서 문門의 신인데, 반대 방향을 향하고 있는 두 개의 얼굴을 가진 존재로 그려진다. 전설에 의하면 야누스는 사투르누스 신에게서 미래와 과거를 다 볼 수 있는 능력을 받았다고 한다. 해가 바뀌는 1월은 지난해를 반성하고 올해의 일들을 계획하면서, 새로운 한 해로 들어가는 문과 같은 시기이기 때문에 야누스의 달이 됐을 것이다.(주경철. 《히스토리아》. 97족.)

"'재뉴어리January'는 '야누스의 달'을 뜻하는 라틴어 야누아리우스Januarius에서 나왔다." 첫 문장에서 '재뉴어리January'의 유래에 대해 할 말을 다 한 셈입니다. '나왔다'는 '유래했다'로 바꿔도 무방합니다. 다만 '유래됐다'로 쓰지는 마십시오. 두 번째 문장부터는 왜 1월이 '야누스'의 달인지, 설득력 있는 추측을 하고 있습니다. 윗글은 '유래'뿐 아니라 그 '유래의 의미'까지를 다루고 있는 겁니다.

부록 : 띄어쓰기가 틀려도 비문이다

글을 쓰고 읽는 일에 조금만 관심을 갖고 국어사전을 가까이 둔다면 띄어쓰기는 어렵지 않게 넘을 수 있는 장벽이다. 그리고 그 벽을 넘는 과정에서 우리가 정말 얻게 되는 것은 '띄어쓰기가 제대로 된 글'이 아니라 '우리말과 우리글에 대한 사랑'이다.

1. 띄어쓰기의 대원칙

"단어와 단어는 띄어 쓴다. 다만 조사는 앞의 체언(명사, 대명사, 수사) 등에 붙여 쓴다." 이 단순한 규칙이 띄어쓰기의 대원칙이다. 하지만 이 원칙을 어기지 않고 바른 띄어쓰기를 하려면 문법 지식이 제법 필요하다.

2. 둘 이상의 명사가 연속될 때 원칙적으로 띄어 쓰지만, 경우에 따라 붙여 쓴다.

국어의 경우 명사와 명사가 이어질 때, 앞의 명사가 뒤의 명사를 수식한다. 예를 들어 '근대 예술'에서 '근대'는 '예술'을 수식한다. 이 경우 띄어쓰기의 대원칙을 적용하면 이 두 명사, 즉 두 단어는 띄어 써야 하지만, 붙여 쓰는 것도 허용된다. '근대 예술'도 옳고 '근대예술'도 옳다는 말이다.

또한 명사가 세 단어 이상 이어질 경우도 마찬가지로 원칙적으로 띄어 쓰지만 붙여 써도 무방하다. 즉 '근대 예술 연구'도 옳고 '근대예술연구'도 옳다. 한편 붙일 것은 붙이고 띌 것은 띄어 쓴 '근대예술 연구'나 '근대 예술연구'도 옳다. 이 경우 둘의 의미가 달라진다. '근대예술 연구'는 '근대예술에 대한 연구'를, '근대 예술연구'는 '근대에 이루어진 예술연구'를 뜻한다.

3. 의존 명사도 명사다. 따라서 앞말과 띄어 쓴다.

명사는 자립성 유무에 따라 자립 명사와 의존 명사, 이렇게 둘로 나눌 수 있다. 우리가 흔히 알고 있는 명사들 대부분은 자립성을 가지고 있는, 즉 문장 내의 다양한 곳에 나타날 수 있는 자립 명사이다. 그와 반대로 자립성이 없는, 즉 문장 내에서 특별한 조건이 주어져야만 나타날 수 있는 명사는 의존 명사이다. <u>의존 명사가 의존성을 가지고 있다 해도 어엿한 명사이므로 앞말과 띄어 써야 한다.</u>

우리 국어에는 의존 명사가 제법 많다. 그 많은 의존 명사 중에 '것'을 살펴보자. '것'은 '어떠어떠한'과 같은 형식으로 자신을 수식해 주는 말이 앞에 반드시 나와야 하므로 그 쓰임이 매우 제한적이다. 즉 "돈이 부족하여 살 수 있는 <u>것</u>이 별로 없었다"에서처럼 '살 수 있는'이라는 수식어가 있어야만 '것'은 문장 속에서 제구실을 한다.

이렇게 수식해 주는 말을 반드시 필요로 하다 보니, 단독으로 주어가 되거나 목적어가 되는 일이 불가능하다. 자립 명사인 '사람'의 경우 "<u>사람은</u> 이성적 동물이다"와 같이 주어로 쓰일 수도 있고, "식인종은 <u>사람을</u> 먹는다"와 같이 목적어로도 쓰일 수 있다. 하지만 의존 명사 '것'은 이런 일이 불가능하다.

또한 의존 명사는 특별한 조사와만 결합하여 문장 내에서 특별한 역할만 할 수 있다. 예를 들어 의존 명사 '수'의 경우를 보자. "의약 분업 이후 병원에서 약을 지을 <u>수가</u> 없다"의 '수'는 조사 '가' 혹은 '는'과만 결합할 수 있다. 이번엔 의존 명사 '바람'의 경우를 보자. "비가 갑자기 오는 <u>바람에</u> 옷이 다 젖었다"의 '바람'은 조사 '에'와만 결합할 수 있다. 한 가지 예만 더 들어 보자. "우리는 상부의 명령에 복종할 <u>따름이다</u>"의 '따름'은 서술격조사 '이다'와만 결합할 수 있다.

4. 수량 단위 의존 명사의 띄어쓰기

한편 의존 명사 중에는 특별히 수 관형사 다음에만 나타날 수 있는 '수량 단위 의존 명사'가 있다. '새 한 마리'의 '마리', '책 두 권'의 '권', '자동차 세 대'의 '대', '연필 네 다스'의 '다스', '신발 다섯 켤레'의 '켤레', '담배 여섯 갑'의 '갑', '굴비 일곱 두름'의 '두름', '바늘 여덟 쌈'의 '쌈', '김 아홉 톳'의 '톳', '북어 열 쾌'의 '쾌'. 이런 것들이 바로 수량 단위 의존 명사이다.

수량 단위 의존 명사도 명사다. 앞의 수 관형사와 띄어 쓰는 것이 원칙이다. 그런데 수 관형사가 아라비아 숫자인 경우에는 붙여 쓴다. '책 2 권'보다 '책 2권'이, '자동차 3 대'보다 '자동차 3 대'가 시각적으로 더 편하게 읽히기 때문이다.

5. 격 조사

조사는 체언(명사, 대명사, 수사) 뒤에 붙어 문장 내의 다른 말과의 문법적 관계를 나타내거나, 특별한 뜻을 부여하기도 하는 품사이다. 조사 중 격 조사는 다음과 같다. 격 조사는 조사의 한 가지이기 때문에 앞말과 붙여 쓴다.

주격 조사 : 이/가
서술격 조사 : 이다
목적격 조사 : 을/를
보격 조사 : 이/가
관형격 조사 : 의
부사격 조사 : 에, 에게, 에서, 로서, 로써 등
호격 조사 : 야, (이)여 등

6. 보조사

보조사를 글자대로만 해석하여 격 조사를 보충해 주는 수준 정도로 가볍게 생각해서는 안 된다. 보조사가 없었다면, 국어 문장의 표현력이 지금처럼 풍부하지 않았을 것이다.

① 아버지가 나를 버렸다.(그냥 아버지가 나를 버렸다는 사실만을 알 수 있다.)
② 아버지도 나를 버렸다.(어머니도 버렸는데, 아버지도 버렸음을 알 수 있다.)
③ 아버지만 나를 버렸다.(어머니는 안 버렸는데, 아버지는 버렸음을 알 수 있다)
④ 어머니가 나를 버렸다.(그냥 어머니가 나를 버렸다는 사실만을 알 수 있다.)
⑤ 어머니가 나도 버렸다.(어머니가 형도 버렸고, 나도 버렸음을 알 수 있다.)
⑥ 어머니가 나만 버렸다.(어머니가 형은 안 버렸는데, 나는 버렸음을 알 수 있다.)

①의 '아버지가'에서 주격 조사 '가'는 그냥 '아버지'가 주어임을 나타낼 뿐이지만, ②의 '아버지도'의 보조사 '도'는 '아버지'가 주어임도 나타내고 '그 위에 더함'의 뜻도 나타낸다. ③의 '아버지만'의 보조사 '만'도 '아버지'가 주어임도 나타내고 "다른 것으로부터 제한하여 어느 것을 한정함"의 뜻도 나타낸다. ④, ⑤, ⑥도 격이 주격이 아니라 목적격일 뿐 마찬가지로 설명할 수 있다.

보조사는 명사뿐 아니라 부사, 용언의 활용형과도 결합한다. 심지어 문장과도 자유롭게 결합한다. 중요한 보조사들을 아래에 나열해 보았다. 보조사도 조사이므로 앞말과 붙여 쓴다. 보조사 중에는 '이것이 보조사인가?' 하는 의구심이 드는 것들이 제법 있다. 띄어쓰기에 주의해야 한다.

* 그려(강조 혹은 공감 요청) : "자네는 20대 모습 그대로네<u>그려.</u>"
* 깨나(어느 정도 제법) : "그 사업으로 돈<u>깨나</u> 벌었나 보구나."
* 는/은(주제/대조) : "그<u>는</u> 여기 머물려고 하지만, 나는 그곳에 가 볼까 한다."
* 는커녕/은커녕(부정) : "나는 그와 대화<u>는커녕</u> 인사도 제대로 못 했다."
* 다가(의미 강조) : "담배꽁초를 산에<u>다가</u> 버리면 벌금을 문다."
* 따라(특별히) : "그날<u>따라</u> 유난히 더웠던 것 같아요."
* 마는(맘에 안 드는 현실) : "나도 먹고 싶다<u>마는</u> 돈이 없다."
* 만(제한) : "이 클럽에는 성인<u>만</u> 입장할 수 있다."
* 마다(균일) : "집집<u>마다</u> 전기를 아껴 써야 한다."
* 마저(의외) : "너<u>마저</u> 떠나고 나면, 나는 너무 외롭겠구나."
* 말고(부정/그 밖에) : "얘야, 이곳<u>말고</u> 다른 데 가서 놀아라."
* 밖에(한계) : "이제 무기라고는 권총 몇 자루<u>밖에</u> 안 남았다."
* 부터(출발점) : "나<u>부터</u> 솔선수범해야 하겠다."
* 요(높임) : "아빠, 어서 가<u>요.</u>"

* 이나/나(불만스러운 선택) : "할 일도 없는데, 산책<u>이나</u> 갈까?"
* 이나마/나마(불만) : "잠시<u>나마</u> 잠을 자고 나니 몸이 개운해졌다."
* 이든/든/이든지(상관없음) : "어떤 팝송<u>이든</u> 상관없으니 편히 부르세요."
* 이라고는/라고는(별로) : "그는 믿을 만한 구석<u>이라고는</u> 없는 사람이다."
* 이라도/라도(아쉬운 선택) : "밥이 없으니, 라면<u>이라도</u> 끓여 먹자."
* 이라면/라면(조건) : "춤<u>이라면</u> 난 누구한테도 지지 않는다."
* 이라야/라야(경시) : "재산<u>이라야</u> 뭐 있나요."
* 이야/야(당연/비로소) : "이제<u>야</u> 조금 알 것 같다."
* 이야말로/야말로(특수) : "컴퓨터 수리<u>야말로</u> 그에게 딱 맞는 일이다."
* 인들(마찬가지임) : "그런 수준 낮은 밴드와 함께라면 프로 가수<u>인들</u> 실력 발휘가 되겠니?"
* 인즉/인즉슨(~로 말할 것 같으면) : "엄마 말씀<u>인즉</u> 비용을 줄이라는 것이었다."
* 일랑/을랑(지적) : "그런 걱정<u>일랑</u> 하지 마라."
* 조차(심지어) : "그 일<u>조차</u> 못 도와주겠니?"
* 치고(모두) : "나중에 보자는 사람<u>치고</u> 무서운 사람 없더라."
* 하고는/하곤(비호감) : "아이고, 저 녀석 하는 짓<u>하고는</u>."

7. 조사이기도 하고 의존 명사이기도 한 것들

(1) 만

"집 떠난 지 10일 <u>만</u>에 갖고 있던 돈을 다 써 버렸습니다." 이 문장에서 '만'은 "앞말이 가리키는 동안"의 의미를 가진다. 이때 '만'은 의존 명사이므로 앞말과 띄어 써야 한다. "나는 너만 보면 화가 치민다." 이 문장에서 '만'은 "어떤 것이 이루어지거나 어떤 상태가 되기 위한 조건"의 의미를 가진다. 이때 '만'은 보조사이다. 앞말에 붙여 써야 한다.

(2) 만큼

"네가 1억을 주고 살 <u>만큼</u> 그 그림이 가치가 있는 거니?" 이 문장에서 '만큼'은 '앞의 내용에 상당한 수량이나 정도'를 뜻한다. 이때 '만큼'은 의존 명사이다. 앞말과 띄어 써야 한다. 그런데 "너<u>만큼</u> 내게 도움을 준 친구는 없다." 이 문장에서 '만큼'은 '비슷한 정도'의 의미를 가진다. 이때 '만큼'은 보조사이다. 앞말에 붙여 써야 한다.

(3) 뿐

"나는 최선을 다할 <u>뿐</u>이다." 이 문장에서 '뿐'은 '어떠하거나 어찌할 따름'을 뜻한다. 이때 '뿐'은 의존 명사이다. 앞말과 띄어 써야 한다. "내가 믿는 사람은 어머니<u>뿐</u>이다." 이 문장에서 '뿐'

은 '그것만이고 더는 없음'의 의미를 가진다. 이때 '뿐'은 보조사
이다. 앞말에 붙여 써야 한다.

8. 관형사의 종류

　관형사는 명사(체언이라고 해야 정확하지만) 앞에 쓰여 그
명사를 수식해 주는 품사로서, 조사를 취하지 않고, 용언처럼
활용을 하지도 않는다. 또한 관형사는 명사 이외의 품사를 수
식하는 일이 전혀 없다. 그래서 관형사는 그 어느 품사보다도
문장 중에서 비교적 쉽게 알아볼 수 있다. 관형사에는 성상 관
형사, 지시 관형사, 수 관형사, 이렇게 세 종류가 있다.
　우선 성상 관형사는 꾸밈을 받는 명사의 성질이나 상태를 말
해 주는 관형사이다. '새 옷, 헌 집, 옛 추억'의 '새, 헌, 옛'이 그
예이다. 성상 관형사 중에는 한 글자로 된 한자어도 많다. '순
(純) 살코기, 고(故) 최진실, 주(主) 고객층'의 '순, 고, 주'가 그
예이다.
　다음 지시 관형사는 어떤 대상을 한정하여 가리키는 관형
사다. '이 학생, 그 친구, 저 나무'의 '이, 그, 저'가 그 예이다. 지
시 관형사 중에도 한 글자로 된 한자어가 많다. '타(他) 지방, 현
(現) 국무총리, 전(前) 장관'의 '타, 현, 전'이 그 예이다.
　마지막으로 수 관형사는 사물의 수량을 나타내는 관형사다.
'한 명, 두 마리, 세 켤레, 첫째 마디, 둘째 조건, 셋째 문항'의
'한, 두, 세, 첫째, 둘째, 셋째'가 그 예이다.

9. 관형사와 관련한 띄어쓰기

앞에서 한 글자의 한자어인 성상 관형사의 예로 '순(純) 살코기, 고(故) 최진실, 주(主) 고객층'의 '순, 고, 주'를 들었다. 또한 한 글자의 한자어인 지시 관형사의 예로 '타(他) 지방, 현(現) 국무총리, 전(前) 장관'의 '타, 현, 전'을 들었다. 그런데 이러한 예들과 유사하지만 관형사가 아닌 말이 많다. 그것은 바로 접두사이다.

'정(正)교수, 정(正)남향, 정(正)사면체, 정(正)반대'의 '정'은 접두사이다. 접두사는 특정한 단어의 머리에 붙어 새로운 단어를 만드는, 단어보다는 더 작은 단위의 말이다. 접두사에는 그 밖에 '준(準)결승, 준(準)회원 준(準)우승, 준(準)공무원'의 '준', '신(新)무기, 신(新)세대, 신(新)기록, 신(新)세계'의 '신' 등이 있다.

그렇다면 '순, 고, 주, 타, 현, 전'은 뒤에 오는 명사를 수식해 주는 관형사이므로(즉 단어이므로) 띄어 써야 하고, '정, 준, 신'은 접두사이므로(즉 단어가 아니므로) 뒤에 오는 명사에 붙여 써야 하는데, 관형사와 접두사의 구별이 쉽지 않다. 익힐 때까지는 국어사전에 의지해야 한다.

10. 동사와 관련한 띄어쓰기

(1) 이 단어가 과연 동사인가?

어떤 말이 동사라면 하나의 단어이므로 그 말을 통째로 붙여 쓰면 된다. 하지만 그 말이 동사인지 아닌지를 구분하기 힘든 경우가 많다. 몇 가지만 예를 들어 확인해 보자. "산 중턱에 외롭게 서 있는 소나무를 바라보았다"에서 '바라보다'는 동사일까? 즉 하나의 단어일까? "도로를 가로지르는 일은 위험하다"에서 '가로지르다'는 동사일까? 즉 하나의 단어일까?

"이제 그만 돌아가라"의 '돌아가다', "이사할 때 책을 들어내는 일이 제일 힘들다"의 '들어내다', 그리고 "저 섬까지 헤엄쳐 갈 수 있을까?"의 '헤엄치다'는? 한편 "가을이라 낙엽이 떨어진다"의 '떨어지다', "철수가 나를 이 서클에 끌어들였다"의 '끌어들이다', 그리고 "내 예상은 언제나 들어맞았다"의 '들어맞다'는?

이상 8개의 말들은 모두 동사이다. 즉 하나의 단어이다. 그런데 이들은 모두 하나의 단어가 아니라 두 개의 단어일지도 모른다는 생각이 들 만한 동사들이다. 물론 그런 동사가 이 8단어 외에도 수없이 많다.

바라보다(○)　　바라 보다(×)
가로지르다(○)　가로 지르다(×)
돌아가다(○)　　돌아 가다(×)
들어내다(○)　　들어 내다(×)
헤엄치다(○)　　헤엄 치다(×)
떨어지다(○)　　떨어 지다(×)
끌어들이다(○)　끌어 들이다(×)
들어맞다(○)　　들어 맞다(×)

(2) 이 부분이 과연 동사의 어미인가?

동사는 어미로 끝나는데, 어미 중에는 그것이 어미인지 아닌지 확실히 알기 어려운 것들이 많다. 즉 하나의 어미라면 앞말, 즉 어간과 붙여 쓰면 되는데, 그 판단이 쉽지가 않다. 더욱이 보조사가 어미에 붙는 경우도 있어 혼란스럽다. 그러한 예들을 가나다순으로 몇 가지 정리해 보았다. 이것들은 어간과 띄어 써서는 안 된다.

* -건대는 : 어미 '-건대'와 보조사 '는'의 결합.
　　ex. "내가 생각하건대는 이번 선거에서 철수가 학생회장이 될 가능성이 높다."
* -건마는 : 어미로서 '그럼에도 불구하고'의 뜻.
　　ex. "그토록 노력하건마는 실수가 줄어들지 않는다."
* -고말고 : 어미로서 '아무렴 당연하다'의 뜻.
　　ex. "엄마 이 펜 좀 써도 돼요?" "아무렴 되고말고."
* -기로서니 : 어미로서 '양보하거나 인정하기 어려운'의 뜻.
　　ex. "아무리 크기로서니 코끼리만 할까."
* -ㄴ다니까 : 어미로서 '강조'의 뜻.
　　ex. "내일은 병원이란 병원은 다 진료를 안 한다니까."
* -ㄴ다오 : 어미로서 '완곡하고 친근한 설명'의 뜻.
　　ex. "철수는 서울에 올라가서 직장을 구한다오."
* -ㄴ답니까 : 어미로서 '반어적 긍정'의 뜻.
　　ex. "이런 재미없는 소설을 누가 산답니까?"
* -ㄴ답시고 : 어미로서 '빈정거림'의 뜻.

ex. "청소를 <u>한답시고</u> 책장을 옮기다가, 책을 다 쏟아 버렸다."

* -ㄴ대 : 어미로서 '의문, 의아함'의 뜻.

  ex. "철수가 영희하고 <u>결혼한대</u>?" "글쎄 그렇다니까."

* -ㄴ들 : 어미로서 '그렇게 한다 해도'의 뜻.

  ex. "어디에 <u>간들</u> 너를 잊을쏘냐."

* -ㄴ바 : 어미로서 '배경이나 근거'의 뜻.

  ex. "CCTV를 <u>검토한바</u>, 주인의 친구가 절도범이었다."

* -ㄴ즉 : 어미로서 '확인이나 근거'의 뜻.

  ex. "사전을 <u>찾아본즉</u> 그 단어는 조사였다."

* -는지 : 어미로서 '의문, 강조, 근거나 원인, 감탄'의 뜻.

  ex. "학생들이 어찌나 <u>떠드는지</u> 수업이 될까 싶더라고."

* -나마나 : 어미로서 '뻔함'의 뜻.

  ex. "그 경기는 <u>보나마나</u> 우리 팀이 승리할 것이다."

* -느니보다는 : 어미 '-느니', 보조사 '보다'와 '는', 이 셋의 결합.

  ex. "비굴하게 <u>사느니보다는</u> 죽는 게 낫다."

* -ㄹ거나 : 어미로서, '스스로에게 반문함'의 뜻.

  ex. "이 일을 어떻게 <u>수습할거나</u>."

* -ㄹ걸 : 어미로서 '추측'의 뜻.

  ex. "그 친구는 안 <u>갈걸</u>."

* -ㄹ라치면 : 어미로서 '경험을 바탕으로 한 가정'의 뜻.

  ex. "세차를 <u>할라치면</u> 꼭 비가 쏟아졌다."

* -ㄹ망정 : 어미로서 '어떤 사실에 매이지 않음'의 뜻.

  ex. "내가 손해를 <u>볼망정</u>, 불량재료를 쓰지는 않을 거야."

* -자마자 : 어미로서 '행동의 연속'의 뜻.

  ex. "대문을 <u>나서자마자</u> 눈이 내리기 시작했다."

(3) 어미가 후속되는 말과 함께 준말이 되면 붙여 쓴다.

구어체 문장의 경우 어미와 그 뒤의 말이 줄어든 경우가 많다. 그럴 경우 띄어 쓰지 않고 붙여 쓴다. 예를 들어 "아버지가 언제 가느냐기에 내일 새벽에 간다고 했다"의 '가느냐기에'는 '가느냐고 말씀하시기에'의 준말이다. 이때 '가느냐기에'의 어미는 엄밀하게 말해서 '-느냐'이다. 하지만 '느냐기에'는 마치 하나의 어미처럼 느껴지기 때문에, 띄어 쓰지 않고 붙여 쓴다. 이런 예를 아래에 몇 가지 정리해 보았다.

* -ㄴ다는구나 : '-ㄴ다고 하는구나'의 준말로 하나의 어미처럼 붙여 쓴다.
   ex. "글쎄 철수가 사무실에서 잔다는구나."
* -ㄴ다잖아 : '-ㄴ다고 하잖아'의 준말로 하나의 어미처럼 붙여 쓴다.
   ex. "조금만 기다리자. 철수도 곧 온다잖아."
* -ㄴ대 : '-ㄴ다고 해'의 준말로 하나의 어미처럼 붙여 쓴다.
   ex. "철수는 아직 결심이 안 선대"
* -냐거든 : '냐고 물어보거든'의 준말로 하나의 어미처럼 붙여 쓴다.
   ex. "어디로 갔냐거든, 모른다고 해라."
* -냐니까 : '냐고 물어보니까'의 준말로 하나의 어미처럼 붙여 쓴다.
   ex. "뭐 하냐니까, 아무 말도 안 하더라고."
* -다든지 : '-다고 하든지'의 준말로 하나의 어미처럼 붙여 쓴다.

ex. "한다든지 안 한다든지 결정이라도 내려 줘야 할 거 아니야?"

* -려다가 : '-려고 하다가'의 준말로 하나의 어미처럼 붙여 쓴다.

ex. "돈 벌려다가 도리어 쪽박 차게 생겼다."

* -자던데요 : '-자고 하던데요'의 준말로 하나의 어미처럼 붙여 쓴다.

ex. "저쪽 축구회에서 경기 한번 하자던데요."

11. 형용사와 관련한 띄어쓰기

(1) 이 단어가 과연 형용사인가?

어떤 말이 형용사라면 하나의 단어이므로 그 말을 통째로 붙여 쓰면 된다. 하지만 그 말이 형용사인지 아닌지를 구분하기 힘든 경우가 많다. 예를 들어 확인해 보자. "내가 운영하는 식당에 손님이 하도 많이 와 하루 종일 정신없었다"에서 '정신없다'는 형용사일까? 즉 하나의 단어일까? "그 친구 말하는 거 보면 아주 재수없다"에서 '재수없다'는 또 어떨까? '정신없다', '재수없다', 이 둘 모두 형용사이다.

그렇다면 '정신있다'나 '재수있다'도 과연 형용사일까? 둘 모두 형용사가 아니다. 따라서 '정신 있다', '재수 있다'로 띄어 써야 한다. 이들은 "정신이 있다"와 "재수가 있다"에서 조사 '이/가'가 생략된 말이다. "그렇게 갑자기 아들을 잃었으니 그 친구 정신 있는 게 신통한 거지"와 "오는 길에 돈을 주운 거 생각하면, 오늘은 아주 재수 있는 날인가 보다"에서 그 쓰임을 알 수 있다.

위에서 든 4가지 예만 봐도, 형용사의 띄어쓰기가 만만치 않음을 알 수 있다. 이들을 정리해 보면 다음과 같다. 퀴즈 대회에 나가기 위해서가 아니라면 무조건 외우는 일은 추천할 만한 공부법이 아니다. 도리어 책과 국어사전을 벗하고 사는 일이 최선이다.

정신없다(○)　　정신 없다(×)
재수없다(○)　　재수 없다(×)
정신 있다(○)　　정신있다(×)
재수 있다(○)　　재수있다(×)

(2) 이 부분이 과연 형용사의 어미인가?

형용사는 어미로 끝나는데, 어미 중에는 그것이 어미인지 아닌지를 확실히 알기 어려운 것들이 많다. 보조사가 어미에 붙는 경우도 있어, 띄어쓰기는 더욱 복잡해진다. 그러한 예들을 다음과 같이 정리해 보았다.

* -건마는 : 어미로서 '그럼에도 불구하고'의 뜻.
　ex. "그냥 그대로도 충분히 예쁘건마는 성형수술을 왜 해?"
* -고말고 : 어미로서 '아무렴 당연하다'의 뜻.
　ex. "엄마 저 착하죠?" "아무렴 착하고말고."
* -기는커녕 : 어미 '-기'와 보조사 '는커녕'의 결합.
　ex. "농구선수처럼 키가 크기는커녕 나보다도 작더라."
* -기로서니 : 어미로서 '양보하거나 인정하기 어려운'의 뜻.

ex. "일 처리가 좀 <u>느리기로서니</u> 괄시가 너무 심하다."

* - ㄴ걸 : 어미로서 '감탄이나 주장'의 뜻.

ex. "저 선수는 아직도 움직임이 <u>활발한걸</u>. 참 대단한 체력이다."

* - ㄴ들 : 어미로서 '그렇다 해도'의 뜻.

ex. "여행지가 아무리 <u>멋진들</u> 내 고향만 하겠냐?"

* - ㄴ만큼 : 어미로서 '원인, 이유'의 뜻.

ex. "실력이 <u>출중한만큼</u> 이번 시험은 가볍게 통과할 것이다."

* - ㄴ바 : 어미로서 '배경이나 근거'의 뜻.

ex. "원래 품행이 <u>단정한바</u>, 그 친구는 맡은 바 소임을 다 할 것이라고 보네."

* - ㄴ지 : 어미로서 '의문, 강조, 근거나 원인, 감탄'의 뜻.

ex. "신랑이 어찌나 <u>멋진지</u>, 배우 해도 되겠더라고."

* -다니까 : 어미로서 '강조'의 뜻.

ex. "그 친구 정말로 <u>아프다니까</u>."

* -다마는 : 어미로서 '앞의 내용의 인정'의 뜻.

ex. "얼굴이 <u>예쁘다마는</u> 그렇다고 배우가 될 정도는 아니다."

* -다마다 : 어미로서 '강조'의 뜻.

ex. "아무렴 <u>좋다마다</u>."

* -답니까 : 어미로서 '반어적 긍정'의 뜻.

ex. "누가 이 소설이 <u>재미있답니까</u>?"

* -답시고 : 어미로서 '빈정거림'의 뜻.

ex. "돈 좀 <u>있답시고</u> 거들먹거리기는!"

* -대 : 어미로서 '의문, 의아함'의 뜻.
  ex. "신부가 곱대?" "글쎄 그렇다니까."
* -ㄹ걸 : 어미로서 '추측'의 뜻.
  ex. "이번에 가는 여행지는 정말로 환상적일걸."
* -ㄹ라고 : 어미로서 '그럴 리가 없다'는 뜻.
  ex. "아무렴 여자 육상 선수가 남자 육상 선수를 이길 만큼 빠를라고."

(3) 어미가 후속되는 말과 함께 준말이 되면 붙여 쓴다.

　구어체 문장의 경우 어미와 그 뒤의 말이 줄어든 경우가 많다. 그럴 경우 어간과 어미, 그리고 어미 뒤의 줄어든 말을 통째로 붙여 쓴다. 예를 들어 "엄마가, 새로 사귀는 남자는 '멋지냐기에' 그렇다고 말씀드렸어"의 '멋지냐기에'는 '멋지냐고 물어보시기에'의 준말이다. 이때 '멋지냐기에'의 어미는 엄밀하게 말해서 '-냐'이다. 하지만 '냐기에'는 마치 하나의 어미처럼 느껴지기 때문에, 띄어 쓰지 않고 붙여 쓴다. 이러한 예들을 몇 가지 정리해 보았다.

* -냐거든 : '냐고 물어보거든'의 준말로 하나의 어미처럼 붙여 쓴다.
  ex. "바쁘냐거든, 그렇다고 해 줘."
* -냐는 : '냐고 하는'의 준말로 하나의 어미처럼 붙여 쓴다.
  ex. "어이가 없는 게, 그 친구 말이 내 차가 뭐가 멋지냐는 거야."

* -냐니까 : '냐고 물어보니까'의 준말로 하나의 어미처럼 붙여 쓴다.

　ex. "신부가 예쁘냐니까, 아무 말도 안 하더라고."

* -내 : '-냐고 해'의 준말로 하나의 어미처럼 붙여 쓴다.

　ex. "철수가 뭐라고 하니? 내가 정말 아프내?"

* -다는구나 : '-다고 하는구나'의 준말로 하나의 어미처럼 붙여 쓴다.

　ex. "그 친구는 여전히 철이 없다는구나."

* -다건만 : '-다고 하건만'의 준말로 하나의 어미처럼 붙여 쓴다.

　ex. "형만 한 아우 없다건만, 그 형이란 사람은 아주 비양심적인 사람이구만."

* -다든지 : '-다고 하든지'의 준말로 하나의 어미처럼 붙여 쓴다.

　ex. "영화가 재미있다든지 재미없다든지 말을 해 봐."

* -다잖아 : '-다고 하잖아'의 준말로 하나의 어미처럼 붙여 쓴다.

　ex. "이번엔 기대해 봐. 우리 선수들 실력이 좋다잖아."

* -대 : '-다고 해'의 준말로 하나의 어미처럼 붙여 쓴다.

　ex. "그 친구는 정말 사내답대."

12. 보조 용언(보조 동사와 보조 형용사)

(1) 보조 동사의 정의

　"철수는 책을 '누워서' '보는' 버릇이 있다." 이 문장에서 동사 '눕다'와 동사 '보다'가 연속으로 나타난다. '보기는 보되 누워서 본다'는 말이다. 이때 '보다'는 단독으로 쓰일 때의 '보다'와 같은 뜻을 갖는다. 즉 "철수는 심심할 때면 책을 '누워서' '보는' 습관이 있다"의 동사 '보다'의 뜻은 "철수는 심심할 때면 책을 '보는' 습관이 있다"의 동사 '보다'와 뜻이 같다는 말이다.

하지만 '보다'가 다른 동사 뒤에 나타날 때 '보다'의 뜻이 달라지기도 한다. "야 이 옷 멋지다! 영희야 이 옷 한번 '입어' '봐'." 이때의 '보다'에는 '눈으로 인식하다.' 혹은 '책이나 신문 따위를 읽다'의 뜻이 없다. 그렇다면 이 문장에서, '입다'에 연결되어 있는 '보다'는 어떤 뜻을 갖고 있는가? 바로 '시행(try)'의 뜻을 갖는다. 즉 '보다'는 '입다'라는 동사에 '한번 시행한다'는 뜻을 더해 준다. 아주 특별한 동사인 셈이다.

이렇듯 어떤 동사 바로 뒤에 위치함으로써, 애초 자신 고유의 뜻을 잃어버리고, 그 어떤 동사에 특별한 의미를 더해 주는 동사를 '보조 동사'라고 한다. 그리고 이 보조 동사가 의미를 더해 주는 선행 동사는 '보조 동사'와 짝을 이루어 '본 동사'라고 한다. 당연히 보조 동사는 본 동사 없이 단독으로 쓰이지 않는다. 그리고 국어의 모든 동사는 본 동사가 될 수 있지만, 보조 동사가 될 수 있는 동사는 이십여 개밖에 되지 않는다.

잊지 말아야 할 것은 보조 동사도 엄연히 동사라는 점이다. 하나의 단어인 것이다. 그리고 그 수가 그리 많지 않다 해도, 우리글, 우리말에서 차지하는 비중은 결코 낮지 않다. 가뜩이나 중요한 품사인 동사의 뜻을 풍요롭게 만들 수 있기 때문이다.

(2) 보조 용언(보조 동사와 보조 형용사)의 종류

A. 오직 보조동사인 것

〈1〉 진행
* 가다 : 이제 작업이 거의 다 되어 간다.
* 오다 : 산 위로 밝아 오는 새벽의 기운을 느낄 수 있었다.
* 있다 : 철수는 지금 차를 마시고 있다.
　　　　철수는 지금 깨어 있다.
　　　　꽃이 피어 있다.
* 계시다 : 아버님은 지금 차를 마시고 계신다.
　　　　　아버님은 지금 깨어 계신다.
〈2〉 종결
* 나다 : 산 하나를 넘고 나니 걷기 쉬운 평지가 보였다.
* 내다 : 영희는 드디어 그날 일을 기억해 냈다.
* 버리다 : 동생이 과자를 다 먹어 버렸다.
* 말다 : 이번 싸움에서 아주 끝장을 내고 말겠다.
〈3〉 봉사
* 주다 : 철수는 영희를 위해 책을 읽어 주었다.
* 드리다 : 철수는 할머니를 위해 책을 읽어 드렸다.
〈4〉 보유
* 두다 : 서류는 책상 위에 얹어 두었다.
* 놓다 : 서류는 서랍 속에 넣어 놓았다.
* 가지다 : 봉투 속에 담아 가지고 오세요.

〈5〉 사동

* 하다 : 철수가 영희를 가게 했다.

* 만들다 : 철수가 영희를 가게 만들었다.

〈6〉 피동

* 지다 : 침대 밑으로 손을 뻗으니 필통이 만져졌다.(본용언과
        보조용언 붙여씀)

* 되다 : 두 달 후면 감옥에서 나가게 된다.

〈7〉 부정명령

* 말다 : 이곳에서는 수영하지 마세요.

〈8〉 강세

* 대다 : 그 개가 계속 짖어 댔다.

〈9〉 기타

* 체하다 : 곰이 다가오자 그는 죽은 체했다.

* 척하다 : 그는 사실을 모르는 척했다.

B. 보조동사이자 보조형용사인 것

〈1〉 부정

* 않다 : 철수는 가지 않는다.(본용언이 동사인 경우 보조동사)
        철수는 똑똑하지 않다.(본용언이 형용사인 경우 보조
        형용사)

* 못하다 : 철수는 가지 못한다.(본용언이 동사인 경우 보조동사)
         철수는 집안 형편이 넉넉하지 못하다.(본용언이 형
         용사인 경우 보조형용사)

〈2〉 시행/추측
* 보다 : 새로 산 옷을 입어 보았다.('시행'의 의미인 경우 보조
　　　동사)
　　　저 친구가 전학 온 학생인가 보다.('추측'의 의미인 경
　　　우 보조형용사)
〈3〉 당위/시인
* 하다 : 하루에 한 과씩 읽어야 한다.('당위'의 의미일 때는 보
　　　조동사)
　　　그 친구가 성격이 좋기는 하다.('시인'의 의미일 때는
　　　보조형용사)

C. 오직 보조형용사인 것

〈1〉 희망
* 싶다 : 나는 이탈리아 여행을 하고 싶다.
　　　내가 그 친구에게 괜히 화냈나 싶다.(이 경우는 '추측')
〈2〉 기타
* 뻔하다 : 어제 징검다리를 건너다 물에 빠질 뻔했다.
* 듯하다(듯싶다) : 세상은 복잡한 듯하지만 단순한 점도 많다.
* 성싶다 : 그렇게 하는 게 좋을 성싶다.
* 법하다 : 그 소설에는 있을 법하지 않은 이야기들이 가득했다.

13. 보조 용언과 관련한 띄어쓰기

<u>본 용언과 보조 용언은 띄어 쓰는 것이 원칙이나 경우에 따라 붙여 써도 무방하다. 다만 '피동'의 뜻을 갖는 보조 용언 '지다'는 본 용언에 반드시 붙여 쓴다. 이는 '-어지다'를 굳어진 말로 보는 것이다.</u>

좋아지다(○) 좋아 지다(×)
느껴지다(○) 느껴 지다(×)
굳어지다(○) 굳어 지다(×)
지워지다(○) 지워 지다(×)

14. 단어의 종류

┌ 단일어   : 한 개의 어근
│ ex. 밤, 사과, 아버지, 덮-, 지우-, 읽-, 쓰-(용언의 경우 어간
│ 만을 다룬다)
│
└ 복합어 ┬ 파생어 ┬ 접두사+어근
         │   │ ex. 햇밤, 풋사과, 시아버지 ☞ 접두파생어
         │   └ 어근+접미사
         │   ex. 덮개, 지우개, 읽기, 쓰기 ☞ 접미파생어
         └ 합성어 : 어근+어근
                    ex. 밤나무, 사과나무, 밤낮, 돌다리

15. 접두 파생어와 관련한 띄어쓰기

접두사는 단어가 아니므로 뒤에 오는 어근에 붙여 써야 한다.

(1) 접두사의 종류

1) 사람을 가리키는 명사에 주로 붙는 접두사

'맏-', '숫-', 그리고 '홀-'은 사람을 가리키는 명사 어근에 주로 붙어 접두 파생어를 만든다. 맏형, 맏사위, 맏아들, 숫처녀, 숫총각, 홀어머니, 홀시아버지, 홀몸 등이 그러한 접두 파생어이다.

2) 동식물을 가리키는 명사에 주로 붙는 접두사

'갈-', '수/수ㅎ', '암/암ㅎ-', '풋-', 그리고 '해/햅/햇-'은 동식물을 가리키는 명사 어근에 주로 붙어 접두 파생어를 만든다. 갈까마귀, 갈고등어, 수캐, 수탉, 암캐, 암탉, 풋김치, 풋나물, 해콩, 햅쌀, 햇감자 등이 그러한 접두 파생어이다.

3) 기타 명사에 붙는 접두사

'맨-', '외-', '홑-', 그리고 '덧-'은 명사 어근에 붙어 접두 파생어를 만든다. 맨손, 맨주먹, 맨발, 외기러기, 외길, 홑겹, 홑바지, 홑이불, 덧버선, 덧신 등이 그러한 접두 파생어이다.

4) 용언에 붙는 접두사

'되-', '새/샛-/시', 그리고 '휘/휩-'은 용언 어근에 붙어 접두 파생어를 만든다. 되돌아보다, 되묻다, 되새기다, 새까맣다, 샛노랗다, 시뻘겋다, 시퍼렇다, 휘갈기다, 휘감다, 휩쓸다 등이 그러한 접두 파생어이다.

5) 한자어 접두사

'시(媤)-', '외(外)-', '준(準)-', 그리고 '신(新)-'은 명사 앞에 붙어 접두 파생어를 만든다. 시어머니, 시누이, 외할머니, 외손자, 준우승, 준회원, 신세계, 신자유주의 등이 그러한 접두 파생어이다.

(2) 접두사와 띄어쓰기

접두사와 관련한 띄어쓰기를 틀리지 않으려면, 관형사와 접두사를 구별할 수 있어야 한다. 어떤 말이 관형사일 경우에는 뒤에 오는 명사와 띄어 써야 할 것이고, 접두사일 경우에는 붙여 써야 할 것이다. 접두사는 단어가 아니기 때문이다. 하지만 둘 사이의 구별은 쉽지 않다. 특히 한자어 관형사와 한자어 접두사를 구별하는 것은 힘든 일이다.

'시(媤)-', '외(外)-', '준(準)-', 그리고 '신(新)-'이 관형사가 아니라 접두사임을 알고, 이들이 어근 앞에 붙어 만든 '시어머니, 시누이, 외할머니, 외손자, 준우승, 준회원, 신세계, 신자유주의'

를 능숙하게 붙여 쓸 수 있는 사람이 과연 얼마나 있을까?

'모(某), 현(現), 전(前), 본(本), 귀(貴)'가 접두사가 아니라 관형사임을 정확히 알고, 이들이 각각 '교수, 장관, 대통령, 강좌, 회사'을 수식할 때, '모 교수, 현 장관, 전 대통령, 본 강좌, 귀 회사'와 같이 능숙하게 띄어 쓸 수 있는 사람은 또 얼마나 있을까?

16. 접미 파생어와 관련한 띄어쓰기

<u>접미사는 단어가 아니므로 앞의 어근에 붙여 써야 한다.</u>

(1) 접미사의 종류

1) 명사 형성 접미사(접미사가 붙어 명사가 형성된 경우)

ⓐ '덮개, 지우개'의 '-개'
ⓑ '달리기, 더하기'의 '-기'
ⓒ '넓이, 길이'의 '-이'

2) 동사 형성 접미사(접미사가 붙어 동사가 형성된 경우)

ⓐ '존재하다, 현대화하다'의 '-하-'
ⓑ '건들거리다, 머뭇거리다'의 '-거리-'
ⓒ '사용되다, 허용되다'의 '-되-'

3) 형용사 형성 접미사(접미사가 붙어 형용사가 형성된 경우)

ⓐ '고요하다, 가득하다'의 '-하-'
ⓑ '향기롭다, 이롭다'의 '-롭-'
ⓒ '창피스럽다, 사랑스럽다'의 '-스럽-'

4) 피동사 형성 접미사(접미사가 붙어 피동사가 형성된 경우)

ⓐ '감기다, 쫓기다'의 '-기-'
ⓑ '밀리다, 팔리다'의 '-리-'
ⓒ '덮이다, 쌓이다'의 '-이-'
ⓓ '먹히다, 잡히다'의 '-히-'

5) 사동사 형성 접미사(접미사가 붙어 사동사가 형성된 경우)

ⓐ '숨기다, 굶기다'의 '-기-'
ⓑ '늘리다, 돌리다'의 '-리-'
ⓒ '높이다, 죽이다'의 '-이-'
ⓓ '굳히다, 넓히다'의 '-히-'
ⓔ '비우다, 지우다'의 '-우-'
ⓕ '달구다, 일구다'의 '-구-'
ⓖ '낮추다, 맞추다'의 '-추-'

6) 부사 형성 접미사(접미사가 붙어서 부사가 형성된 경우)

ⓐ '높이, 깨끗이'의 '-이'
ⓑ '철저히, 조용히'의 '-히'

(2) 접미사가 얼마나 자주 쓰이길래?

《무량수전 배흘림기둥에 기대서서》에서 최순우 선생이 우리나라 담장의 아름다움을 표현한 명문 한 대목을 읽으면서 접미사가 얼마나 많이 쓰였는지 보자.

> 담장이 <u>존재하는</u> 것 자체가 <u>폐쇄적</u>이라고 섣불리 <u>비판하는</u> <u>사람들</u>이 있지만 담장이 이루어주는 <u>희한한</u> 안도감과 <u>아늑한</u> 분위기는 또 <u>달리</u> 맛볼 수 없는 한국 정서의 하나임이 <u>분명하다</u>. 그다지 높을 것도 없고 그다지 얕지도 않은 한국 궁전이나 민가의 <u>담장들</u>에 들어 있는 마음이 숨막히게 높거나 <u>답답한</u> 공간을 에워싼 중국의 담장들과는 <u>근본적</u>으로 다르다는 것은 마치 그 속에 살고 있는 한국 사람들의 성정과 중국 사람들의 성정이 다른 것 이상으로 거리가 있다고 <u>생각한다</u>. - 최순우.《무량수전 배흘림기둥에 기대서서》.

ⓐ '존재하는'에는 동사 형성 접미사 '-하-'가 들어 있다.
ⓑ '폐쇄적이라고'에는 명사 형성 접미사 '적'이 들어 있다. '폐쇄적'은 서술격 조사 '이다'의 활용형인 '이라고'를 취했으니 명사가 당연하다.
ⓒ '비판하는'에는 동사 형성 접미사 '-하-'가 들어 있다.
ⓓ '사람들'에는 명사 형성 접미사 '-들'이 들어 있다.

ⓔ '희한한'에는 형용사 형성 접미사 '-하-'가 들어 있다.

ⓕ '아늑한'에는 형용사 형성 접미사 '-하-'가 들어 있다.

ⓖ '달리'에는 부사 형성 접미사 '-이'가 들어 있다. '다르다'는 '르'불규칙 형용사다. 따라서 모음으로 시작하는 접미사 '-이'를 만나(마치 어미를 만나듯) 어간인 '다르-'의 'ㅡ'이 탈락하고 'ㄹ'이 생겨난 '달ㄹ'로 변한 것이다. 결국 부사 '달리'는 '달ㄹ'과 접미사 '-이'가 합쳐진 것이다.

ⓗ '분명하다'에는 형용사 형성 접미사 '-하-'가 들어 있다.

ⓘ '담장들'에는 명사 형성 접미사 '-들'이 들어 있다.

ⓙ '숨막히게'에는 피동사 형성 접미사 '-히-'가 들어 있다. '숨막히게'라는 부사의 형성 과정은 좀 복잡하다. 차근차근 살펴보자. 원래 '숨막다'는 '숨을 막다'에서 목적격 조사 '을'이 생략된 말이다. 즉 두 단어이므로 '숨막다'와 같이 붙여 써서는 안 되고 '숨 막다'와 같이 띄어 써야 한다. 그런데 '막다'의 피동사가 '막히다'이므로 '숨 막다'라는 말의 피동 형태는 '숨 막히다'이다. 그리고 '막히다'의 부사형은 '막히게'이므로 '숨 막히게'까지 우리는 생각할 수 있다. 그런데 왜 '숨'과 '막히게'를 붙여 쓴 '숨막히게'인가? 그 쓰임이 잦다 보니, 하나의 부사가 된 것으로 봐야 할 것이다.

ⓚ '답답한'에는 형용사 형성 접미사 '-하-'가 들어 있다.

ⓛ '근본적'에는 명사 형성 접미사 '-적'이 들어 있다. '근본적'은 조사 '으로'를 취하고 있다. 즉 명사이다.

ⓜ '생각한다'에는 동사 형성 접미사 '-하-'가 들어 있다.

(3) 접미사의 왕, '-하다'

국어의 접미사 중 '-하다'만큼 많이 쓰이는 것도 없다. 너무 많이 쓰이다 보니, 이를 다른 말로 교체하거나 표현을 바꿔야 할 때가 있다. 같은 접미사를 가진 파생어가 계속 나오면 글이 지루해질 수 있기 때문이다.

1) 어휘를 바꾼다

* 비굴하다 ☞ 줏대 없이 굽실거리다
* 경청하다 ☞ 새겨듣다
* 임박하다 ☞ 닥쳐오다

2) 표현을 바꾼다

* 그는 너무 <u>불성실하다</u>. ☞ 그에게서 성실한 태도라고는 찾아볼 수가 없다.
* 요즘 경제는 전문가들도 <u>예측하기</u> 어렵다고 한다. ☞ 요즘 경제 전문가들의 예측은 번번이 빗나간다.
* 요즘은 경쟁과 공생을 정반대의 개념이라고 <u>생각하지</u> 않는 사회가 된 것 같다. ☞ 경쟁과 공생의 조화가 새로운 이슈가 되었다.
* 그때부터 나는 육류를 먹지 않기 위해 최대한 <u>노력하기 시작했다.</u> ☞ 그때부터 나는 비건처럼 살았다.

17. 파생어와 관련한 띄어쓰기 실전 연습

(1) 관형사인가? 접두사인가?

1) '새 학기'냐, '새학기'냐?

"'새 학기'가 시작되었다." 이런 문장을 쓴다고 할 때 우리는 '새 학기'에 대한 띄어쓰기가 헷갈릴 수 있다. '새'가 관형사로서 '학기'를 수식하는 것이라면, '새 학기'는 띄어 써야 한다. 그에 반해 '새'가 접두사라면, '새학기'는 붙여 써야 한다.

만약 '새'가 관형사인지 접두사인지 모르겠다면, 국어사전을 찾아봐야 한다. 국어가 모국어인 사람이라면, '학기'를 찾기보다는 '새'를 찾아볼 것이다. 스마트폰에서 제공하는 <표준국어대사전>을 찾아보자. 제일 먼저 나오는 표제어 '새'가 우리가 찾는 '새'인 것 같다. "이미 있던 것이 아니라 처음 마련하거나 다시 생겨난"이라는 뜻을 가진 '관형사'라고 설명하고 있으니, 맞는 것 같다.

새

관형사
1. 이미 있던 것이 아니라 처음 마련하거나 다시 생겨난.
다친 손톱이 빠지고 새 손톱이 돋다.
새 기분으로 일을 시작하다.
새 담배에 불을 붙이다.

새 학기를 맞이하다.

서점에는 날마다 새 책이 쏟아져 나온다.

2. 사용하거나 구입한 지 얼마 되지 아니한.

새 건물.

새 옷을 꺼내 입다.

　하지만 접두사 '새-'가 국어사전에 나오지 않는다는 것까지 확인하면 더 좋겠다. 뒤에 접두사 '새-'가 나온다.

새-

접사

'매우 짙고 선명하게'의 뜻을 더하는 접두사.

새까맣다.

새빨갛다.

새뽀얗다.

새카맣다.

새하얗다.

　그런데 그 뜻이 '매우 짙고 선명하게'이다. 예문을 보니 '새까맣다', '새하얗다' 등이 있다. '새 학기'의 '새'의 뜻과는 거리가 멀다. 이제야 우리는 안심하고 '새 학기'를 띄어 쓸 수 있다.

2) '준 결승전'이냐, '준결승전'이냐?

"최강의 팀과 '준결승전'을 치르게 되었다"라는 문장을 쓰게 될 때, '준결승전'의 띄어쓰기가 헷갈릴 수 있다. 우선 '준'을 국어사전에서 찾아보자. 12번째 표제어가 '준-'이다. "구실이나 자격이 그 명사에는 못 미치나 그에 비길 만한"의 뜻을 가진 접두사라고 나온다. 예문으로 '준결승'이 나오는 것을 보니 확실한 것 같다. 반대로 관형사 '준'은 국어사전에 없다. 안심하고 '준결승전'을 붙여 쓰면 되겠다.

준- 準

접사

(일부 명사 앞에 붙어) '구실이나 자격이 그 명사에는 못 미치나 그에 비길 만한'의 뜻을 더하는 접두사.

준결승.
준교사.
준우승.
준회원.

(2) 이게 접미사인가 동사·형용사·명사인가?

1) '사내답다'냐, '사내 답다'냐?

접두사가 관형사와 헷갈린다면, 접미사는 동사나 형용사 혹은 명사와 헷갈리는 경우가 많다. "그 친구 아주 사내답다." 이 문장을 쓸 때, '사내 답다'와 같이 띄어 쓸까? '사내답다'처럼 붙여 쓸까? 이런 고민이 든다면, 국어사전을 찾아본다. '사내'를 찾기보다는 '답다'를 찾아보는 것이 좋을 것이다.

-답다

접사

1.(일부 명사 뒤에 붙어) '성질이 있음'의 뜻을 더하고 형용사를 만드는 접미사.

꽃답다.
정답다.
참답다.

2.(일부 명사나 대명사 또는 명사구 뒤에 붙어) '특성이나 자격이 있음'의 뜻을 더하는 접미사.

너답다.
철수답다.
우리 엄마답다.
싸움에서 승리한 장수답다.

세 번째 표제어 '-답다'의 뜻 중 두 번째는 "(일부 명사나 대명사 또는 명사구 뒤에 붙어) '특성이나 자격이 있음'의 뜻을 더하는 접미사"이다. 반면 그 밑의 표제어를 다 보아도 접미사가 아닌, 그러니까 동사나 형용사인 '답다'는 나오지 않는다. 따라서 '사내답다'의 '-답다'는 접미사이고 '사내답다'는 붙여 쓰는 것이 맞다.

2) '방정맞다'냐, '방정 맞다'냐?

"그 친구는 아주 방정맞다." 이런 문장을 쓸 때 '방정맞다'의 띄어쓰기가 헷갈린다. '맞다'를 국어사전에서 찾아보자.

-맞다

접사

(사람의 성격을 나타내는 일부 명사 또는 어근 뒤에 붙어) '그것을 지니고 있음'의 뜻을 더하고 형용사를 만드는 접미사.

궁상맞다.
능글맞다.
방정맞다.
쌀쌀맞다.
익살맞다.
청승맞다.
앙증맞다.

네 번째 표제어로 '-맞다'가 나오는데, 그 뜻은 "(사람의 성격을 나타내는 일부 명사 또는 어근 뒤에 붙어) '그것을 지니고 있음'의 뜻을 더하고 형용사를 만드는 접미사"라고 되어 있다. 예문으로 '궁상맞다, 능글맞다, 방정맞다, 익살맞다, 청승맞다, 앙증맞다' 등이 나오니, '방정맞다'는 붙여 쓰는 것이 확실하다.

3) '인터넷상'이냐, '인터넷 상'이냐?

접미사인지 명사(특히 의존명사)인지 헷갈릴 때도 있다. 예를 들어 "요즘 인터넷상에서 떠돌아다니는 뉴스들은 믿을 만하지 않다." 이런 문장을 쓰려고 할 때, '인터넷상'에서 '인터넷'과 '상'을 띄어 써야 할지, 붙여 써야 할지 헷갈린다. 일단 국어사전에서 '상'을 찾아보자. '위'를 뜻하는 한자어 명사인 '상(上)'이 아닐까 하고 봤더니, 아닌 것 같다. 더 밑으로 내려가 보니, 29번째 표제어로 접미사 '-상上'이 나온다.

-상 上

접사

(일부 명사 뒤에 붙어)
1. '그것과 관계된 입장' 또는 '그것에 따름'의 뜻을 더하는 접미사.

관계상.
미관상.

사실상.
외관상.
절차상.

2. '추상적인 공간에서의 한 위치'의 뜻을 더하는 접미사.

인터넷상.
전설상.
통신상.

3. '물체의 위나 위쪽'의 뜻을 더하는 접미사.

지구상의 생물.
지도상의 한 점.
직선상의 거리.
도로상에 차가 많이 나와 있다.

  접미사 '-상'은 세 가지 뜻을 가지고 있다. 첫째, '그것과 관계
된 입장' 또는 '그것에 따름'의 뜻을 더하는 접미사(<예> 사실
상, 외관상, 절차상). 둘째, '추상적인 공간에서의 한 위치'의 뜻
을 더하는 접미사(<예> 인터넷상, 통신상). 셋째, '물체의 위나
위쪽'의 뜻을 더하는 접미사(<예> 지구상, 지도상). 둘째의 뜻
이 맞고, 예도 '인터넷상' 하고 딱 나와 있다. 우리는 '인터넷상'
을 붙여 쓰면 되겠다.

4) '위반시'냐, '위반 시'냐?

　한편 "이곳에서는 금연입니다. 위반 시에는 벌금 5만 원이 부과됩니다." 이런 문장을 쓰려고 할 때 '위반'과 '시'를 붙여 쓸지 띄어 쓸지 헷갈린다. 당연히 국어사전에서 '시'를 찾아봐야 하겠다.

시 時

명사
1. 사람이 태어난 시각.

시가 언제인가?

의존명사
1. 차례가 정하여진 시각을 이르는 말.

5시 30분.
지금 몇 시나 되었나?
지금은 세 시가 조금 넘었다.
정각 열 시에 만납시다.

2. (일부 명사나 어미 '-을' 뒤에 쓰여) 어떤 일이나 현상이 일어날 때나 경우.

비행 시에는 휴대 전화를 사용하면 안 된다.
규칙을 어겼을 시에는 처벌을 받는다.

　제일 처음 나오는 표제어가 의존 명사 '시時'이다. 의존 명사 '시'의 둘째 뜻은 "(일부 명사나 어미 '-을' 뒤에 쓰여) 어떤 일이나 현상이 일어날 때나 경우"이다. 예문을 두 가지 들어 놓았다. ① 비행 시에는 휴대 전화를 사용하면 안 된다. ② 규칙을 어겼을 시에는 처벌을 받는다. ②가 우리에게 필요한 결정적인 정보다. "이곳에서는 금연입니다. 위반 시에는 벌금 5만 원이 부과됩니다."의 '위반 시'는 띄어 써야 맞다. 그래도 혹시 모르니, 접미사 '-시'가 있는지 국어사전을 끝까지 봐야 한다. 앗! 있다.

-시 視

접사

(몇몇 명사 뒤에 붙어)
1. '그렇게 여김' 또는 '그렇게 봄'의 뜻을 더하는 접미사.

등한시.
백안시.
적대시.

　이번에는 한자가 '時'가 아니라 '視'이다. 접미사 '-시視'가 쓰인 예로 '등한시'가 나온다. '위반시'의 '시'와는 거리가 멀다. 비로소 우리는 안심하고 '위반 시' 하고 띄어 쓰면 되겠다.

18. 합성어와 관련한 띄어쓰기

합성어는 두 개 이상의 단어로 보일 수 있다. 두 개 이상의 어근으로 이루어졌기 때문이다. 하지만 그렇게 보일 뿐이다. 엄연히 국어사전에 한 단어로 등재돼 있다. 통째로 붙여 써야 한다.

(1) 합성어의 종류

합성어는 접두사나 접미사 없이, 두 개 이상의 어근이 모여 새로운 뜻을 가진 한 단어가 된 말을 뜻한다. 합성이 이루어지면서, 두 개 이상의 어근이 그 뜻을 유지하는 경우도 있지만(A+B=AB), 그 뜻을 잃는 경우도 있다(A+B=C). 전자의 예는 '고무신', 후자의 예는 '밤낮'이다. '고무신'은 '고무로 만든 신'이니 '고무'와 '신'은 그 의미를 잃지 않는다. 반대로 '밤낮'의 뜻은 '늘'이니 '밤'과 '낮'은 그 의미를 잃은 셈이다. 합성어에는 합성 명사, 합성 동사, 합성 부사가 있는데, 합성 명사부터 차근차근 살펴보도록 하자.

1) 합성 명사

ⓐ <명사+명사>의 구조 : 산수(자연, 경치), 앞뒤(이치, 조리) 등.
ⓑ <명사+사이시옷+명사>의 구조 : 뼛골(마음속 깊은 곳), 뒷

일(대변을 보는 일) 등.
ⓒ <관형사+명사>의 구조 : 새언니(오빠의 아내), 헌신짝(값어치가 없어 버려도 아깝지 않은 것) 등.
ⓓ <용언의 관형사형+명사>의 구조 : 작은아버지(아버지의 남동생), 뜬소문(근거 없이 떠도는 소문) 등.

ⓑ의 경우 명사와 명사가 합쳐질 때 사이시옷이 들어갔다. 사이시옷이 들어가는 조건에는 일곱 가지가 있다.

〈1〉 순 우리말로 된 합성어로서 앞말이 모음으로 끝난 경우
  ① 뒷말의 첫소리가 된소리로 나는 것 : 나룻배, 나뭇가지 등.
  ② 뒷말의 첫소리 'ㄴ, ㅁ' 앞에서 'ㄴ' 소리가 덧나는 것 : 잇몸, 냇물 등.
  ③ 뒷말의 첫소리 모음 앞에서 'ㄴㄴ' 소리가 덧나는 것 : 나뭇잎, 베갯잇 등.

〈2〉 순 우리말과 한자어로 된 합성어로서 앞말이 모음으로 끝난 경우
  ① 뒷말의 첫소리가 된소리로 나는 것 : 귓병, 찻잔 등.
  ② 뒷말의 첫소리 'ㄴ, ㅁ' 앞에서 'ㄴ' 소리가 덧나는 것 : 제삿날, 훗날 등.
  ③ 뒷말의 첫소리 모음 앞에서 'ㄴㄴ' 소리가 덧나는 것 : 가욋일, 예삿일 등.

〈3〉 두 음절로 된 다음 한자어 : 곳간(庫間), 셋방(貰房), 숫자(數字), 찻간(車間), 툇간(退間), 횟수(回數).

2) 합성 용언

ⓐ <명사+용언 어간>의 구조 : 낯설다(사물이 눈에 익지 아니하다), 귀먹다(남의 말을 이해하지 못하다) 등.
ⓑ <용언 어간+용언 어간>의 구조 : 감싸다(편을 들어서 두둔하다), 붙들다(달아나지 못하도록 잡다) 등.
ⓒ <용언 어간+'-아/-어'+용언 어간>의 구조 : 돌아가다(죽다), 알아보다(눈으로 보고 분간하다) 등.
ⓓ <용언 어간+'-고'+용언 어간>의 구조 : 파고들다(깊이 연구하다), 싸고돌다(두둔하다) 등.
ⓔ <부사+용언 어간>의 구조 : 못생기다(생김새가 보통 이하이다), 잘빠지다(미끈하게 잘생기다) 등.

3) 합성 부사

ⓐ <명사+명사>의 구조 : 밤낮(늘), 오늘날(지금의 시대) 등.
ⓑ <관형사+(의존) 명사>의 구조 : 어느새(벌써), 그런대로(좀 아쉽지만) 등.
ⓒ <부사+부사>의 구조 : 곧잘(제법), 또다시(거듭하여 다시) 등.
ⓓ <명사+명사>의 구조 : 하나하나(정성을 들여), 집집이(모든 집마다) 등.

(2) 합성어는 또 얼마나 많이 쓰이는가?

합성법은 접미 파생법과 함께 국어가 새로운 단어를 만드는 가장 생산적인 방법이다. 따라서 합성어는 우리가 흔히 읽는 글에서 자주 만나게 된다. 헤밍웨이의 《노인과 바다》한 대목을 읽어 보자. 합성어인지 몰랐을 때 아무렇지도 않게 읽었던 단어를 이제는 의식적으로 찾아 읽어 보자. 천신만고 끝에 잡은 청새치를 상어들에게 다 뜯긴 노인 산티아고가 항구로 돌아오는 장면이다.

> 그는 자신이 이제 회복 불능일 정도로 두드려 맞았다는 것을 알았다. 그는 고물로 <u>돌아갔다</u>. 깨진 키 <u>손잡이</u>가 키의 구멍에 <u>그런대로 들어맞아</u> 배를 조종할 수가 있었다. 그는 포대를 <u>양어깨</u>에 두르고 항로를 <u>바로잡았다</u>. 배는 이제 가볍게 <u>나아갔고</u> 그는 아무런 생각도 느낌도 없었다. 그는 이제 모든 것을 다 치렀고 항로를 바로잡아 가능한 한 빠르고 현명하게 고향 마을의 항구로 돌아가려 애를 썼다. - 헤밍웨이. 《노인과 바다》.

ⓐ '돌아갔다'는 '돌아 갔다'와 같이 띄어 쓰지 않고 붙여 썼다. ☞ <용언 어간+'-아/-어'+용언 어간>의 구조를 가진 합성 동사다. 당연히 붙여 써야 옳다. 위의 인용문에서 '돌아가다'는 "이전에 있던 곳으로 다시 가다"의 뜻을 가지고 있어 두 어근의 뜻을 제법 온전히 보존하고 있다. 하지만 '돌아가다'는 그렇지 않은 뜻을 가질 때도 있다. 예를 들어, "우리의 노력은 수포로 돌

아갔다"에서 '돌아가다'는 "끝난 상태가 되다"의 추상적인 뜻을 가진다. 이때 '돌다'나 '가다'의 원래 의미는 사라진다. 이렇듯 원래 어근의 뜻을 상실하고, 추상적인 뜻을 가질 수도 있는 '돌아가다'는 합성 동사일 가능성이 크다. 실제로 합성 동사이다.

ⓑ '손잡이'는 '손 잡이'처럼 띄어 쓰지 않고 붙여 썼다. ☞ <명사+용언 어간+접미사>의 구조를 가진 합성 명사다. 당연히 붙여 써야 한다.

ⓒ '그런대로'는 '그런 대로'처럼 띄어 쓰지 않고 붙여 썼다. ☞ <관형사+의존명사>의 구조를 가진 합성 부사이다. 당연히 붙여 써야 한다.

ⓓ '들어맞아'는 '들어 맞아'와 같이 띄어 쓰지 않고 붙여 썼다. ☞ <용언 어간+'-아/-어'+용언 어간>의 구조를 가진 합성 동사다. 당연히 붙여 써야 한다. 위의 인용문에서 '들어맞다'는 "빈틈이 없이 꽉 차게 끼이다"의 뜻을 가지지만, 그렇지 않은 경우도 있다. 예를 들어, "내 예상이 들어맞았다"에서처럼 "예견이 정확하게 실현되다"의 뜻도 가진다. 이쯤 되면 두 어근의 본래의 뜻에서 상당히 멀어진 것이다. 따라서 '들어맞다'가 합성 동사일 가능성이 크다. 실제로 합성 동사이다.

ⓔ '양(兩)어깨'는 '양 어깨'와 같이 띄어 쓰지 않고 붙여 썼다. ☞ <관형사+명사>의 구조를 가진 합성 명사다. 당연히 붙여 써야 한다.

ⓕ '바로잡았다'는 '바로 잡았다'와 같이 띄어 쓰지 않고 붙여 썼다. ☞ <부사+용언 어간>의 구조를 가진 합성 동사다. 당연히 붙여 써야 한다. 위의 인용문에서 '바로잡다'는 "올바르게 고쳐서 제대로 되게 하다"의 뜻을 가진다. 원래 어근의 뜻을 비교

적 온전히 가지고 있는 것이다. 하지만 그렇지 않은 경우도 있다. 예를 들어, "비록 위기 상황에 놓였지만 투수는 초조한 마음을 바로잡았다"에서처럼 '바로잡다'는 "정신 상태를 가다듬다"의 뜻도 가진다. 이쯤 되면 두 어근의 본래의 뜻에서 상당히 멀어진 것이다. 따라서 '바로잡다'가 합성 동사일 가능성이 크다. 실제로 합성 동사이다.

ⓖ '나아갔고'는 '나아 갔고'와 같이 띄어 쓰지 않고 붙여 썼다.
☞ <용언 어간+'-아/-어'+용언 어간>의 구조를 가진 합성 동사이다. 당연히 붙여 써야 옳다. 위의 인용문에서 '나아가다'는 "향하여 움직이다"의 뜻을 가진다. 원래 어근의 뜻을 비교적 온전히 가지고 있는 것이다. 하지만 그렇지 않은 경우도 있다. 예를 들어, "이제 환경 문제는 한 나라의 혹은 인류의 문제에 그치지 않고 더 '나아가' 지구촌의 전체의 그리고 모든 생물들의 문제가 되었다"에서처럼 '나아가다'는 "문제가 되는 영역의 확대·심화"의 뜻도 가진다. 이쯤 되면 두 어근의 본래의 뜻에서 상당히 멀어진 것이다. 따라서 '나아가다'가 합성 동사일 가능성이 크다. 실제로 합성 동사이다.

(3) 왕도가 없다

<u>합성어와 관련한 띄어쓰기에는 왕도가 없다. 의심이 가면 이 단어가 합성어인지 두 개의 단어인지 국어사전을 찾아봐야 한다.</u> 띄어쓰기를 교정 프로그램에 의존하는 것에 대해 부정적으로 생각할 필요는 없다. 결과적으로 띄어쓰기에 문제가 없는 글을 완성하기만 하면 된다. 지금 현재, 그러니까 2024년 8월

27일 현재까지는 프로그램이 국어사전을 찾는 수고로움을 이기지 못한다.

　퇴고할 때, 띄어쓰기 때문에 골치 아픈 정도는 문장이 잘 안 고쳐질 때 골치 아픈 정도에 비하면 아무것도 아니다. 정말 필요한 프로그램은 비문을 고쳐 주는, 더 나아가 감동이 없는 문장을 감동적인 문장으로 고쳐 주는 프로그램이다.

참고문헌

공지혜.《만남의 기적》. 문학나무. 2010.

김대식.《인간을 읽어내는 과학》. 21세기북스. 2017.

김소연.《마음사전》. 마음산책. 2008.

김영숙.《1페이지 미술 365》. 빅피시. 2021.

김종현.《세밀화로 그린 보리 어린이 곡식 채소 도감》. 보리.
2017.

데이비드 로빈슨.《찰리 채플린》. 시공사. 1998.

마이클 샌델.《돈으로 살 수 없는 것들》. 김영사. 2011.

박민영.《즐거움의 가치 사전》. 청년사. 2007.

박영수.《어원의 발견》. 사람in. 2023.

박총.《읽기의 말들》. 유유. 2017.

손철주.《옛 그림 보면 옛 생각 난다》. 현암사. 2011.

손철주.《사람 보는 눈》. 현암사. 2013.

슈테판 츠바이크.《카사노바, 스탕달, 톨스토이》. 필맥. 2005.

신경숙.《외딴방》. 문학동네. 1999.

신경숙.《엄마를 부탁해》. 창비. 2008.

올리버 색스.《아내를 모자로 착각한 남자》. 알마. 2016.

유선경.《어른의 어휘력》. 앤의서재. 2023.

유시민.《유시민의 글쓰기 특강》. 생각의길. 2015.

윤구병.《우리말 백 마디 멋대로 사전》. 보리. 2022.

은유.《은유의 글쓰기 상담소》. 김영사. 2023.

이문구.《유자소전》. 아시아. 2013.

이수연.《좋은 문장 표현에서 문장부호까지》. 미래북스. 2024.

이익섭·채완.《국어문법론강의》. 학연사. 2002.

이재운.《알아두면 잘난 척하기 딱 좋은 우리말 어원 사전》. 노마드. 2018.

전경린.《황진이 1, 2》. 이룸. 2004.

장승욱.《도사리와 말모이, 우리말의 모든 것》. 하늘연못. 2010.

정승우.《인류의 영원한 고전 신약성서》. 아이세움. 2007.

정제원.《위풍당당 띄어쓰기》. 몽트. 2013.

조남주.《82년생 김지영》. 민음사. 2016.

주경철.《히스토리아》. 산처럼. 2012.

최순우.《무량수전 배흘림 기둥에 기대서서》. 학고재. 2008.

최은영.《밝은 밤》. 문학동네. 2021.

호프 자런.《랩걸》. 알마. 2017.

비문 클리닉

초판 발행일 2024년 11월 20일

지은이 **정제원**
발행인 **김미희**
펴낸곳 **몽트**

출판등록 2012.12.20 제 2014-0000-38호

주소 안산시 상록구 화랑로 513 2층 24호
전화 031-501-2322 팩스 031-501-2321
메일 memento33@menthebooks.com

값 17,000원
ISBN 978-89-6989-103-7 13800